若谷樓書系
HUMBLE LIBRARY PUBLISHING

菜农笔记

发现生活的真相依然热爱生活

冯广博 / 著

SPM
南方出版传媒
广东人民出版社
· 广州 ·

图书在版编目（CIP）数据

菜农笔记：发现生活的真相依然热爱生活 / 冯广博
著 . — 广州：广东人民出版社，2018.8
ISBN 978-7-218-12987-7

Ⅰ . ①菜… Ⅱ . ①冯… Ⅲ . ①散文集－中国－当代
Ⅳ . ① I267

中国版本图书馆 CIP 数据核字（2018）第 133922 号

Cainong Biji: Faxian Shenghuo De Zhenxiang Yiran Re'ai Shenghuo

菜农笔记：发现生活的真相依然热爱生活

冯广博　著 　　　　　　　　　　　　　🖙 版权所有　翻印必究

出 版 人：肖风华

责任编辑：马妮璐　刘　宇
责任技编：周　杰　易志华
装帧设计：孙　初

出版发行：广东人民出版社
地　　址：广州市大沙头四马路 10 号（邮政编码：510102）
电　　话：（020）83798714（总编室）
传　　真：（020）83780199
网　　址：http://www.gdpph.com
印　　刷：北京市燕鑫印刷有限公司
开　　本：880mm×1230mm　1/32
印　　张：8　**字　数**：214 千
版　　次：2018 年 8 月第 1 版　2018 年 8 月第 1 次印刷
定　　价：42.80 元

如发现印装质量问题，影响阅读，请与出版社（020 - 83795749）联系调换。
售书热线：（020）83795240

目　录

第二辑　顶楼的青葱岁月

第三辑　一生的花朵

第四辑　家有厨神

4

菜农前传

胡赳赳

我客居广州的时候，在冯广博家里住过一阵子。那时还没有阿布。男冯和女冯上班去得早，我挨到近中午去《新周刊》。热闹的是晚上：要么一块去赴饭局，要么打扑克牌——诈金花。

冯广博的口头禅是："什么情况？"问牌面，然后放钱。他经常扭转局面、转败为胜。却又心存仁厚，没有贪婪之相。大概替我挡了不少招，当然也屡次补我筹码的亏空。打牌最能看出一个人的人性。我因为老输，所以上不了瘾。而他常赢，竟然也没有瘾。可见，习气这回事情，随顺也罢，沾染也好，终究会消退的。性灵的力量，日渐壮大。

他大约是个理想主义者，行事不和流俗同。而立之年，辞去公务员，去到广州。隐迹在媒体、出版和策划之间。初次探望他，是在《黄金时代》的宿舍楼里。那时年轻，不觉得苦。写诗，一副壮志未酬的样子。夏夜，蚊帐里热，竟也留我宿了一夜。同居一榻，现在是不可能了。这样说来，我们还有一榻之谊。

那时他对美食已有心得。但想必这心得也是不成熟的，然而终于发酵，某年在中山大学的校外食街，开了一家"神农架饭馆"。这些冯广博让不让写呢？不管他了。试营业的时候，他兴冲冲带我去尝。他的一位亲戚做主厨。味道的确是鄂西北的乡野味道，细致调弄。因此

1

成本也就高了。加之他哪里是个善于经营的人？不懂克扣监管，连连亏本，便也错过了买房子的最佳时机。后来听说关了张，也没敢细问他。这一耽搁，未免有些元气小伤，却未曾听他懊恼或是抱怨过。

仍然一个读书人的样子。看碟、读书、听人文气质一些的流行歌曲。早年喜欢齐秦，但也欣赏摇滚，常和十堰的几个旧友厮混瞎嚷。

不管外在如何变化，对一介读书人而言，世事沉浮，无非是马拉松的几段历程。提速没有意义，抢跑也是个笑话。他果然沉得住气，踏踏实实住在琶洲一隅。后来干脆在附近会展中心谋了个职。生活于是更加惬意起来，不求闻达，将琐碎的日子过得有滋有味。

这份定力，示现出"认命"的恬淡。究竟是带有从武当山南下的几分风骨，野心不如在野之心。中年的际遇，回归生活本质，于是没有常人的焦虑、纠结或挣扎。"认命"不是"听命"，更不是"搏命"，而是和命运和解。陶渊明言"纵浪大化中，不喜亦不惧"，就是这样子的"随缘任运"。一切都淡一点，不要陷入资本主义"竞争—消费"的循环圈套。

于是，他俘获了女冯，一位客家女子。对他言听计从，张口闭嘴"老大说了算"。里里外外，都是一把好手。这下，男冯更可以"随缘任运"了。搬了新家，亲近了佛学，侍弄了花草，天台上也种上了菜。重要的是，他们也有了一个阿布。

有一次，他们带我去"本来面目"禅堂。坐渡轮，到长洲岛，仍然是原始风貌，一个前现代化的世界。在码头吃了杏仁双皮奶，面对一棵大树、悠悠江水，不想挪开步子。拐入后街、穿过里弄，这里就是他们周末喝茶、种花、养心之所。墙是自己刷的，家具也是自己摆弄的，摘点院子里种的蔬菜，打两个鸡蛋，便是招待朋友的美食。这令我想起了杜拉斯在《怦然心动》中所讲："爱之于我，不是肌肤之亲，不是一蔬一饭。它是一种不死的欲望，是疲惫生活中的英雄梦想。"

然而后来，"本来面目"禅堂毕竟撤了，或许是房租到期的缘故。

但终于有了许多经验，也燃起了某种激情，看清生活真相依然热爱生活的激情。他们竟然在天台上搞起了实验，又是搬砖砌菜地，又是四处找土——天啦，到处挖土，问别人借，竟然弄到了东北来的土。还有朋友爬窗户，帮他们把自来水接上了天台，免除了日日拎水桶上楼的负担。又加之不使用化肥，免不了经常捉虫，常于夜间打着手电——贪睡的虫子也被捉。但捉下的虫子怎么办？杀生吗？又也不忍。终于想到密宗"烟供"的办法，用烟驱赶虫豸，异常奏效，太开心了。

忽然又来了鸟类，糟蹋庄稼。这憎恨心也是不能起的。时常放些残食冷饭，另作一堆。这鸟类便也懂事，不再盯着植物不放。于是形成某种生态平衡。

我吁了一口气，种点菜，真不容易。某次在京，果然接到一个箱子。一箱子菜。冯家从广州寄来的，隔口便到。整整吃了一周。于是脸上终于有了非大棚的"菜色"。现代人可怜，真想要点"面有菜色"不容易。化肥农药大棚，酒精货币视屏，汲汲乎不被时代甩掉，一阵阵的浪潮，哪里赶得完。思想的流毒，左冲右突，大众晕头转向，忙于投奔，忙于猎取。正如《未来简史》中所言的"错失恐惧症"，总是操心错过了什么。而这本书也提供了新的流毒，又怕错失了大数据和人工智能……

而冯还在跑着他的马拉松。常在朋友圈见他晒纪录。心想坚持不了多久吧，毕竟是商家制造的消费时尚，好卖些运动装备。这次真倒是低估了他。他没完没了起来。围着小蛮腰发力，跑了好几年。围着珠江，也巡游了多趟。即便逢年过节，也坚持不懈，回到大武当竹溪老家，也绕着县城上山下地。偶尔碰上同好，眼睛发亮。

只是不知道，平板运动是否还做。昔年在禅堂告诫他，平板运动会让血液瞬间涌向肢体，对心脏负荷过重，实在不宜长做的。由于他的工作关系，跟茶人交往多，实在可以写些笔记，甚至做成一本关于"中国茶人"的书。也不知道他进行得怎样。

倒是他的"菜农笔记"蔚为大观，不仅在报纸上连载，集于一箧，终于该汇成一本书了。而他也有做出版的经验，自己却不怎么罗致，可见仍然是淡泊于此。这也是一份修养与定力。

此人活得开始具有"本来面目"了。也是广州混杂于烟火气间的一个日常隐士，走路通常带风。现在早已习惯光头了，否则跑步流汗多难受。出门跑步、回家种菜，是他的生活模板。我常想，"自然—田园"模式和"家国—天下"模式哪个更牛，最后的答案是：当然是前者，"家国天下"不就是为了有一天能够"自然田园"吗？不要老想着证明自己，不要老觉得不服气，不要去跟那般庸人争抢世俗功名与位置。如果不是发大愿"天下为公"，那么还是"下地种菜"为好——至少没有出去祸害别人，而只要一做事，就不免祸害别人。

《21世纪词典》中有一句话，关于什么是奢侈："不再是积累各种物品，而是表现在能够自由支配时间，回避他人、塞车和拥挤上。独处、断绝联系、拔掉插头、回归现实、体验生活、重返自我、返璞归真、自我设计将成为一种奢侈。奢侈本身是对服务、度假地、治疗、教育、烹饪和娱乐的选择。"

在天台上种菜，在城市里当一个菜农，把日子过成旧日子（柏桦言唯有旧日子让我们幸福）。看完他的《菜农笔记》，你会想起《浮生六记》，想起《菜根谭》。尽管是不同的品类，然而对于生活的咀嚼，于无味中体验至味，从寻常中发现超常，这种感受和敏觉，则是常人不具的。常人被刺激和反馈把感觉磨平了。常人扮演了巴甫洛夫的"现代狗"。

"农妇、山泉、有点田""你聪明的，告诉我，我们的日子为什么一去不复返呢？"

因此而言，那首李宗盛的《凡人歌》倒可以放在结尾，适时响起。然而要提醒的是：每一个凡人，都有个非凡的梦想；而非凡者，常苦恼于如何能过平凡日子。

第一辑

既然土豆留不住

毫无征兆，毫无道理！阿布美食排行榜的第一位，
居然被土豆片一举拿下且牢牢占据多年。

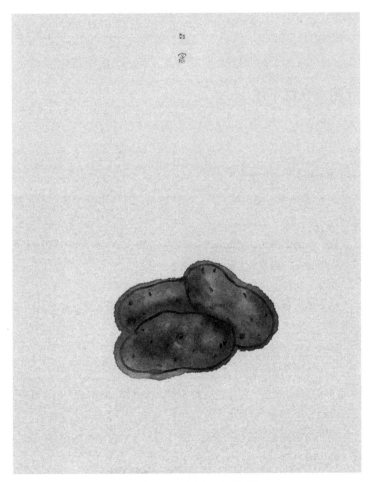

土豆　外表愚钝，内心沉淀

既然土豆留不住

毫无征兆，毫无道理！

阿布美食排行榜的第一位，居然被土豆片一举拿下且牢牢占据多年。

我一直试图揭开这个谜底。

我敢肯定，在3岁之前，他也吃过土豆片。

但是，为什么，他喜欢的，是我炒的？

说来有点惭愧，我下厨做菜，花样并不多，土豆片是常见的"拿手菜"，之一。

为什么是土豆片，而不是更精致苗条的土豆丝？

原因在于刀功。我的刀功有点勉强，切丝不均，只好切片，这片切得也不是薄如蝉翼，但是，用来"炒"，刚刚好。切好后，用水浸泡，免得淀粉变色，炒的时候表面因水泡过，淀粉少，不粘锅，更清爽。

做法也很简单，热锅，滚油，放土豆片，加辣椒，醋少许，水少许，盐适度。

为什么加醋？这样炒略脆。味道略辣，略酸，略脆。

就这么简单的土豆片，只吃一次，就成了阿布每顿必点的佳肴。每次问："吃什么菜？"他的回答要么是："土豆片！"或者补充下"土豆片，辣椒少放一点"，或者是"土豆片，放点辣椒，不放醋"。

他究竟是什么时候开始喜欢上"我炒的"土豆片的？

这是四年来，我一直没有搞明白的事情。

这也是四年来，他妈妈一直愤愤不平且稍有挫败感的事：我想方设法做了那么多好吃的，你做来做去就一土豆片，却成了他的最爱，没天理！

既然如此，当然要种土豆。

种土豆一般是在冬季。

根据土豆的发芽情况切成块，每块留一两个芽。然后，地里挖窝，埋在土里，大概30厘米一窝。

有农家肥当然好，我们没有肥料，只好干种。

土豆，我小时候习惯叫"洋芋"。其实还有很多叫法，马铃薯、地蛋等，资料说是原产于南美洲安第斯山地的高山区，人工栽培历史最早可追溯到大约公元前8000年到公元前5000年的秘鲁南部地区。土豆主要生产国有中国、俄罗斯、印度、乌克兰、美国等。中国是世界土豆总产最多的国家。有报道说2015年，中国将启动土豆主粮化战略，推进把土豆加工成馒头、面条、米粉等主食，土豆将成稻米、小麦、玉米外又一主粮。

其实，土豆早就做过我的主粮了。土豆产量高，小时候缺食物，便成了我们的主粮，几乎每顿主食都是土豆掺玉米面糊糊，菜就是土豆片加辣椒，油水也很少。关于土豆，小时候也留下过美好的记忆。二妈很喜欢我，偶尔做点偏食让我跟他儿子胜哥分享：一盘美味的油煎得黄黄的土豆片。参加过抗美援朝、得过很多奖章的二伯暗咽口水，却从没吃过一片。这场景，时隔多年，依然清晰。

农历年前后是种土豆的季节。

　　小时候种土豆需要用"火粪"。煨"火粪"是有技巧的，把一些刚砍的小灌木、藤、茅草等堆在一起，用泥巴及农家肥完全盖住，土层的厚度、柴草的搭配都是有讲究的，慢慢燃烧，要有烟熏且不熄火，冒烟数日即成很好的肥料，和土豆块一起种下。

　　我们尽管没肥料，土豆依然发了芽，长出了苗，开了花，三个月后，地里有了果实。

　　阿布精心照料即将到盘中的美味，松土，捉虫，拔草。

　　我们的土层也不厚实，结果呢，土豆长出土外来了，阳光一照成了青皮。

　　时机成熟，果断挖地收获。

　　十几平方米的一块地，收获了两小筐，数十个土豆。

　　自己种的土豆，炒的味道有什么不一样吗?

　　当然不一样，我闻到了真正的土豆的味道。

　　鲜嫩土豆，干红辣椒几片，醋少许。

　　那天，阿布破天荒地一人干掉了满满一盘炒土豆片。

　　在全家人的强烈要求下，我又炒了一盘。

土豆片里的欧洲杯

欧洲杯鏖战正酣。从不看球的阿布居然猜对了开始的两场结果，克罗地亚对土耳其，西班牙对捷克。当然，这都是瞎蒙，完全是好玩，谁输谁洗碗，我输了。

你为什么会猜他们赢呢？

我更喜欢西班牙土豆饼，比土耳其烤土豆要好吃。阿布的理由简直是有些无厘头。

也许是巧合，在我的生活中，欧洲杯还真的跟土豆有某种联系。

2000 年的欧洲杯，当齐祖举起欧洲杯时，我端着一盘已经没有余温的土豆片猛吃，就着花生米，灌了不少啤酒。

我是多么坚持的一个人，我是多么专注而坚守传统美德的人，因为我做来做去就是那么几个菜。

老农我的得意之处在于，就这几个菜，足以对付阿布强大的胃口需求。

我们是点菜做饭，大多时候，阿布会点：炒土豆片，蒸鸡蛋羹，炒牛肉——这都是我常做且自以为拿手的前三名的菜啊。

这三道，只有土豆是我们自己可以种的。

开春，我们便留了地，种土豆，从发芽开始，阿布就一直渴望着吃到新鲜出土的土豆。

叶子黄了，土豆成熟了。我们挖出了满满两筐。

你知道吗？我还没上小学就会做饭了。当老爸的，总爱在孩子面前摆老谱，其实我五六岁时大多是烧火的角色，有四个姐姐在家，轮不到我插手，她们都不在家时，我煮过玉米糊糊，下过面条，也算是最早的煮饭实践。

我真正开始做饭大概是参加工作之后，刚上班，有一间20平方米的单身宿舍。老在食堂里窜来窜去，不像回事。下决心买了液化气瓶、锅碗瓢盆之类，决定自己开伙。不时邀三五好友聚聚，洗菜的洗菜，淘米的淘米，掌勺的掌勺，虽有些忙乱，却是欢声笑语不断。时而高歌一曲，逗得众人皆乐。且闹且炊，日子过得倒有滋有味。我在走廊里边炒菜边高歌的场景到现在还有老朋友提起。

那时最常做的菜是炒土豆片、西红柿炒鸡蛋、辣椒炒肉片。

我们就在这个小屋子里，看世界杯，看欧洲杯，吃土豆，啃鸡腿，喝啤酒，彻夜狂欢。

在楼顶菜园挖出的土豆，带着泥土特有的香味。

我要炒土豆！阿布说，我要自己炒，你给我切。

我切好，打着火，放油。

阿布不够高，搬了小椅子来，站在椅子上，拿好木锅铲。

你教我啊，阿布说。

我就在他身旁。

阿布人生中第一次做菜就这样开始了。

加切好的干红辣椒，放土豆片，加醋，再翻炒，阿布似乎很着急的样子，用很快的速度炒来炒去。我提醒他速度可以慢一些，几分钟后，放盐，我帮忙盛出锅放进盘子。

阿布人生第一菜新鲜出炉！

　　不知道是自己种的土豆格外香，还是阿布的手艺确实得到了我的真传，这盘土豆片的美味前所未有。

　　我们给他点了 32 个赞。阿布得到了鼓励，劲头更足了。每次只要在家做饭，他都会自告奋勇：我来炒土豆！而他的手艺，自然是越来越熟练，什么时候放佐料（一般是辣椒），什么时候放醋（或者酱油），什么时候放盐，什么时候出锅，他掌握得很有分寸。完全不用我提示，甚至我提示他会很生气地说：不要说话！我知道！

　　前不久在重庆一个农庄玩，十几人吃饭，他居然炒了一大盘土豆片，而且是最受欢迎的一个菜。色、香、味、形，无可挑剔。

　　就靠这炒土豆的手艺，阿布这个"小厨神"名号从此闻名天下（当然，这里的天下特指吃过他土豆的人）。

　　以后叫你土豆小子吧。我们逗他。

　　不！他态度很坚决。要不带我吃所有国家的土豆吧。

　　这个主意不错。

　　这届欧洲杯谁会夺冠？我问。

　　哪个国家的土豆最好吃？

　　阿布的问题，也是他的答案吗？

一次上瘾折耳根

有些菜，只吃一次，就上瘾。

凉拌折耳根就是。

几年前的端午节，去贵州菜馆，朋友推荐说：这里的凉拌折耳根，你一定要吃。

什么折耳根？端来之后才发现，这不是鱼腥草吗？儿时记忆的田埂上，随处可见，却没有当菜吃过，母亲偶尔用它熬水治头晕。

凉拌折耳根，香，辣，脆，爽。味道出奇的好。

完全颠覆了我对折耳根的印象。鱼腥草似乎变了魔术一般换了名字，成了一道这么好吃的菜。

几年之后的某天，梅果说，猜猜，今天有什么菜？

凉拌折耳根！

她的提醒，让我味蕾忽然活泛了一下。

这是我一直念念不忘的啊。

有了菜园，梅果第一件事就是种折耳根。冬季、春季都是种植折耳根的季节。从河源弄了一些幼苗，栽下，它喜阴凉，只要不旱着它，就会悄悄生长。

那个月我几乎没有关注菜园，居然就长成一片了。

凉拌折耳根，主要是吃根，可保留少量叶子。洗净，切成两三厘米，拌辣椒油、酱油、醋、花生油、盐、花椒（花椒油）少许，后来我们也用辣椒丝，有时会加香菜。自己种的折耳根，淡淡的鱼腥味略带甜味，清香扑鼻，脆爽嫩滑。我已经忘记几年前贵州菜馆的味道了，这完全盖过了，可以彻底忘记了。

我的口味就这样被取代。

那家以折耳根出名的菜馆，不去也罢。

那次在贵州菜馆，梅果并不爱吃折耳根，受不了这个鱼腥味。

但，她第一次吃自己凉拌的折耳根，却开始喜欢上了这味道。

阿布在吃了一次妈妈做的折耳根之后，也爱上了。

还有，一些朋友也是。

这是折耳根的魅力，还是梅果化鱼腥为神奇的厨艺？

当然，折耳根不仅可以凉拌，它的根、叶是可以做药的。做成绿豆沙，下火立竿见影。还可以治流鼻血。

根被我吃了，它的叶子梅果洗干净，晒干，存放，需要时煮绿豆。

流鼻血真是我们家传的小毛病。哥哥小时候爱流鼻血，最多的时候据说流了一碗，奄奄一息。我3年之前几乎每天处理的一件事，就是止住鼻血。而最让我们不解的是，儿子阿布从3岁开始就莫名其妙地流。

有什么好的办法可以治吗？

用了无数的偏方，都没有明显的效果。

但，只要一上火，喝一碗折耳根叶子绿豆沙，还是有点效果的。

便秘、出汗，都可以吃折耳根绿豆沙。

我不知道梅果从哪里学来那么多偏方，阿布的头疼脑热，大多时候，她煮些汤汤水水喝喝就好了。

一查，这折耳根从来没有典籍说它是蔬菜，都说是草药，能清热解毒，健胃消食，可治实热、热毒等。现代药理实验表明，它也具有抗菌、抗病毒、提高机体免疫力、利尿等作用。它大概也是别名最多的植物：岑草、蕺、菹菜、蕺菜、紫背鱼腥草、紫蕺、菹子、臭猪巢、侧耳根、猪鼻孔、九节莲、重药、鸡虱草、狗贴耳、肺形草、猪姆耳、秋打尾、狗子耳、臭草、野花麦、臭菜、热草、臭质草、臭腥草、臭牡丹、臭灵丹、辣子草、奶头草、草摄、红橘朝、臭蕺；因其外形颜色，还叫猪屁股。也罢。

　　这个季节，雨后的菜园，最葱郁鲜嫩的，就是折耳根。

　　折耳根还有很多种吃法，蒸鸡、炒鸡蛋、炒肉丝、猪肺汤、炒腊肉等。

　　但我是多么专一的人，凉拌，足矣。

　　梅果的凉拌折耳根，开天辟地第一人。

　　她的厨艺，天下无双。

　　在阿布眼里，至少也是世界第二。

辣椒战宝

深井古村的小院、"本来面目"的菜园子，种什么？

辣椒必须有。住的楼顶我们种了朝天椒。这里要换个品种。

那次太座从丽江回来，带回辣椒种，她说，这辣椒的样子像五角星灯笼，红色、橙色都有，样子漂亮，之前都没见过，种种看。

播种、长苗、开花，还真的结出了几十颗辣椒，五角星灯笼状的，红色的，不大。

但我们不敢吃，没吃过，也没见别人吃过，我们不放心。一直把那几个辣椒放到再也没见着了都没敢吃。不好意思，见笑了。

这到底是什么辣椒？

几乎天天吃的辣椒，摆在面前，居然不认识。

我决定查查它们的底细。

原来，辣椒颇有来历。

"度娘"说，考古学家估计，早在公元前5000年，美索亚美利加人（玛雅人）就开始吃辣椒了，而在公元前7000年的时候，辣椒就在此生长，所以辣椒可以说是人类种植的最古老的农作物之一。最初发现于美索亚美利加的一年生辣椒，包括了番椒、甜椒和墨西哥胡椒。

在哥伦布去美洲途中发现辣椒的味道之前很久，辣椒就一直在美洲。实际上，由于哥伦布把辣椒与印度发现的胡椒混淆了起来，后来哥伦布把辣椒带回了西班牙，说它是一种香料，虽然它是茄属类植物，但哥伦布的错误并没有妨碍辣椒几乎立刻就传遍了全世界。而很有名的风铃椒最早就是发现于南美洲的。

中国人什么时候有辣椒吃？大约在明代。史料记载，贵州、湖南一带最早开始吃辣椒的时间在清乾隆年间，而普遍开始吃辣椒更迟至道光以后。后中国各地普遍栽培，是中国境内最晚传入却用量最大且最广泛的香辛料。明《草花谱》记载了"番椒"，最初吃辣椒的中国人都在长江下游，即所谓"下江人"。下江人尝试辣椒之时，四川人尚不知辣椒为何物。有趣的是，辣椒最先从江浙、两广传进来，但是没有在那些地方被充分利用，却在长江上游、西南地区泛滥起来。到了清代嘉庆以后，黔、湘、川、赣几省已经"种以为蔬""无椒芥不下箸也，汤则多有之""择其极辣者，且每饭每菜，非辣不可"。

中国人种植辣椒几乎遍布了大江南北。吃辣椒更是普遍。更有趣的是，有人给中国各省吃辣椒做了个排行榜，一湘、二黔、三川渝、四赣、五鄂、六桂、七粤琼、八江浙沪皖，最后是闽。当然，这不是科学数据，只是大体说明了吃辣椒的人群地理分布。前三名一直在争论到底谁最爱，纯属谈资。

那么，我们从丽江带回的辣椒到底叫什么？
经多人证实及查阅资料，它叫"风铃辣椒"，可以吃。
我们浪费了。

阿布吃辣椒，可是我一手培养的。
我说，不吃辣椒，怎么当我儿子！

他从两岁开始，就可以沾辣，现在，吃辣的工夫一点不比我弱，武汉的鸭脖子，一口气可以吃八个，小嘴巴都辣红了，只是说，喝水，冰水！最辣的水煮鱼、酱板鸭之类，也不在话下。

他的吃辣，在学校已经享有盛名。

他在大班时有个女生，是所有男生都喜欢的"女神"。我逗他：要让"女神"喜欢你，怎样跟同学竞争？要拿出你最厉害的本事来。

他想了想，说：我要比赛吃辣椒！

我知道，这小子选的项目另辟蹊径独一无二，如果真比，其他人只好弃械投降，他是毫无悬念的冠军。

偷吃菜的鸟儿所为，鸟儿吃虫，我们驱赶了虫，断了它们的美餐，它们便转而吃菜叶，且从肉食变成素食后，食量居然也大了起来，以前只在早上听到鸟儿的叫声，后来几乎大都能听到它们在菜地叽叽喳喳地啄食。

要保全菜的办法，唯有在离菜地旁边的火龙果下撒上米、饭或者其他五谷杂粮。一些不要的菜叶，也会放到火龙果下，留给鸟儿饱餐。

偶尔也会有很奇怪的事情发生，因为用花生麸作肥料，所以菜地里的蚯蚓多得惊人，经常一铲子下去，能看见几条蚯蚓四处乱窜，偶尔，会看到数条蚯蚓往火龙果下面爬，主动送进鸟儿的口中……

久而久之，鸟儿和人之间就形成了某种默契，它们成群结队在火龙果下觅食和欢歌，不再侵扰菜地里生长的菜苗。

秋葵　小清新，也黏人

麻雀森林

夏天的菜园一片秋葵，一米多高，偶尔上楼，惊动一群麻雀乱飞，从秋葵森林叽叽喳喳窜出。辣椒吃了几茬，嚼得流汗。韭菜耐旱，重口味，鸡蛋对付它。秋葵摘完，凉拌爽口。树却不忍铲除，留给麻雀遮太阳，也好。

这是常见的场景。

这个叫秋葵的植物，我之前不认识，从来没有吃过。稍作了解，吓了一跳。

它竟是植物"伟哥"，又名洋辣椒、补肾菜、羊角豆、咖啡黄葵、毛茄，原产非洲，20世纪初由印度引入我国。我国大部分地区都有，以江西萍乡最盛产。

秋葵的可食用部分是果荚，脆嫩多汁，滑润不腻，香味独特，当然深受青睐。难怪很多人说，秋葵在他们的蔬菜食谱里排名第一，大概不仅仅是植物"伟哥"的原因。

秋葵居然也是糖尿病的克星。当然，这个食疗方法据说有效果：秋葵洗净，掐头去尾，中间再用刀划开一口子，用清水浸泡一夜，第二天直接喝即可。坚持数周，可以降低血糖。

功效暂且不论，秋葵的味道，确实好。煮熟之后，放酱油少许，味道清脆，口留余香。

我们的菜园子大概五六十平方米，纯土地面积有三十多平方米，分成五块，其中两块种了秋葵。秋葵适宜在土层深厚、疏松、肥沃的地块上种植。我们的土基本够，但是没有施肥，远远称不上肥沃。所以，产量很低，长得也不粗壮，形成了供不应求的局面。

而这片十几平方米的秋葵，成了麻雀的栖息之地，这却是意外的收获。

因为，我已经很多年没有这么近距离地看见麻雀了。除了动物园。

小时候，常常可以看到麻雀飞进院子，啄晒在场子的谷粒，我们便拿着竹竿在旁边放哨，驱赶麻雀。

读书的时候有篇课文，鲁迅的《从百草园到三味书屋》，写到捕鸟："扫开一块雪，露出地面，用一支短棒支起一面大的竹筛来，下面撒些秕谷，棒上系一条长绳，人远远地牵着，看鸟雀下来啄食，走到竹筛底下的时候，将绳子一拉，便罩住了。"

我们从来没有想到过要捉住麻雀。为什么要捉？我们又不吃它的肉。

不过，鲁迅的方法可以试下。遗憾的是，我从来没有成功过，筛子下面的粮食基本上被鸡吃了，我们捉鸡有什么用？不敢吃还要被大人骂。所以鲁迅捉鸟的镜头在我读书时就发现有点可疑，要么就是鲁迅那里的鸟太容易捉了，捉来干吗，要吃掉吗？

之后的很多年，我对麻雀的印象几乎是空白。

穿行在水泥森林里，根本没有留意是否有鸟飞过。

有了阿布之后，去动物园多了，才恢复了鸟的记忆。而阿布，对动物的喜爱已经出乎我的意料，看的书籍多是动物，长隆野生动物园，他每次去都是导游解说员。

现在，我们的楼顶，居然有鸟，有麻雀！

这对阿布来说，是值得雀跃的事。

我甚至不止一次被鸟叫声吵醒过。

小区大楼的一楼全是悬空层，春天的时候，阿布惊喜地发现了燕子窝。

小区路边的数十棵芒果树、桂花树、不知道名字的树，大多十几二十米高，我十几年前亲手种的枇杷树也有三层楼高了。

这么多鸟，不奇怪。

我们这栋楼的楼顶，除了我们种的菜之外，还有很多邻居们的、我叫不出名字的植物，一米到两米多高，数十盆，几乎也是成片的小树林，还有木瓜树、葡萄架、丝瓜架等。在楼顶，如果我们安静地坐着，不惊动它们，这些鸟儿会飞来飞去，三五成群，歌声嘹亮。

看来，菜园真的有必要留块地方，种点高大的植物蔬菜，长成麻雀森林。秋葵之后，种点什么好呢?

阳光书事

入秋之后，太阳渐渐柔和下来。楼顶菜园，安静而温暖。

这样的午后，你会想晒晒太阳。搬躺椅，顺便抓本书。

有的书很好，我却看得极慢，《南渡北归》三本我看了3年，没看完。《城邦暴力团》两本我也看了3年。多半是在这样的情形下看的，看着看着就睡着了。

很多时候，阿布会搬个凳子，一起晒太阳，一起看。

阿布3岁起，我几乎每晚都要给他讲一本故事书，当然，有的书一本连讲数天，他居然都津津有味。到幼儿园毕业，一般的字基本认识，当然，还不会写。大多的漫画书，他自己翻翻就可以看懂了。

关于看书，我们老冯家还是有这个优良传统的。

小时候热爱看书，大多是因为哥哥。哥哥很爱看书，爱学习，也爱买书。

那时哥哥工资不多，大约几十元吧。有一次买了一套《战争与和平》居然花了11.4元。我们借饭票吃饭是常有的事。

我会想到那时的小人书，尽管现在成了收藏家追捧的文物，但给我儿时带来的快乐是无穷的。20世纪80年代中后期，小人书摊是我放学后最留恋的地方。

我工作之后，每次回家都会给侄子买一两本书，多年来没有间断过，直到他上了大学。

侄子箫，在上小学时很爱看书，印象最深的，是他在厕所放了个小凳子，刚好可以放书本，一进厕所就是半天。这种看书的习惯在他十几年的学生生涯里一直保持着，以至这个理科生上了大学后，毫不费力地在文科生把持的学校通讯社里抢占了一席之地。现在他已经毕业了，跟大家一样，看电脑和手机几乎替代了看书。

值得表扬的是妻，她很爱看书，也爱买书。最可气的是，她中学时老爱在被窝里拿手电筒看书，居然没有近视！妻侄女乔乔是当地少有的爱看书的孩子，今年她以最好的成绩考上了河源最好的中学。

不知道哥哥现在是否还那么爱买书。可以肯定的是，哥哥现在买的书大多和农业技术有关，已经不是当年的文学青年了。哥哥已提前退休，并成功转型，成了竹溪县颇有专业水准的农业新技术推广专家。

"本来面目"小院是个安静的所在，更是看书的好地方，有个石头长凳，有时躺在上面看着看着就睡着了。这里的书大多是佛学书籍，星云大师的书、素黑的书，就是在这里把它们读了。当然，还有背景音乐：《心经》《大悲咒》《金刚经》。

在楼顶菜园晒太阳看书，也可以下棋，象棋、军旗、五子棋、围棋、斗兽棋什么的，阿布是当然的手下败将。

为了他的兴趣，我得偶尔让他赢一局。

那天，我们在楼顶。忽然，阿布说，爸爸，我教你一种象棋的新走法。

当然好，老汉要看看你到底耍什么花样。

他新学的走法，让我第一次在没让棋的情况下，输了。

阿布说，我输了你笑我，这是不对的。你刚学，我不嘲笑你，再来！

捉虫游戏

之前楼顶搭架凉棚的设想，我们决定实施。

找人规划，需要大、小、长、短铁管柱子若干。

两天的工夫，电焊、搭架，终于将自家的楼顶铺设满了。不久这里将爬满南瓜、丝瓜和豇豆。计划再种点葡萄。想象着葡萄爬满架子，我们在下面乘凉、喝茶的场景，觉得爬九楼，真是太不值一提了。

第二天回家，在楼下就见到了管理处贴了告示：要清理楼顶的乱搭乱建。

我们咬咬牙，决定拆架子，这是我们文明人应有的素质。道哥说：素质！

忙了一天，搬、挪、敲、扫。安装工来拆，用水泥填，不亦乐乎。有点心痛那些铁管，被来来回回折腾了好几天。安装工大概暗自疑惑：这些人没事干瞎折腾。也许暗自嘲笑：弄了些铁管装上拆下，铁管还在，兜里却多了3000，莫名其妙嘛。

能不清理菜园，我们已经很满足了。

凉棚梦碎，也罢，专心种菜，五小块，起码也有六十平方米呢。

每天晚上我拎水，梅果浇菜，阿布负责上下跑跑跳跳。

那天一朋友来，你怎么不弄个水管直接到楼顶？从阳台装上去，很方便的。半天时间，帮我们安好了。

种的白菜、韭菜、空心菜不仅可以自给自足，而且可以和朋友分享。

收割了几筐，忍不住要呼朋唤友，来品尝纯天然绿色食品。青菜，自己种的；腊肉，是竹溪山里的；鸡蛋，是专门托人求购的走地鸡下的；连吃的花生油，都是自家榨的。

陆续又种了韭菜、辣椒、青瓜。还有些大盆子，用来种了三角梅一株，橘子两棵，月季（又说是玫瑰，我分不清楚）三盆，葱一盆。楼顶渐渐丰富起来，四五月份是最春意盎然的季节，常常可以看到麻雀飞来飞去。

邻居阿叔老两口，都退休了，一年中有两三个月在国外旅行。他们有时逛到我们的菜园，啧啧称赞。他们也决定种菜，比起两个老人，我们背点土上楼出点汗真是弱爆了。他们每天慢慢地搬几麻袋，土是结实的干黄土，他们专门买了锤子，每天将土从块锤成泥巴面！搬了、锤了几个月！我们介绍说，有泥炭土哦。阿叔说，反正我们退休了没什么事，锤锤泥巴当锻炼。他们也用砖头砌了二十几平方米的地方。

这其中的乐趣，不种菜，或者说，不喜欢种菜的人是无法体会的。

半年的整饬，他们的小菜园业已成型，且颇为精致。

他们也常常一起出国旅行，菜园子交给儿子打理几天。

我们会互相交流一些种菜的经验，比如，虫子怎么办？

种菜之后才发现，吃了几十年的菜，都是农药喷出来的，不洒农药，在小苗期间就被虫子啃光了。

怎么杀虫？

农药是一定不能洒的。

我们只有一个办法，捉。

邻居阿叔说，我们也是，捉。

　　秋冬之际，白菜、莜麦菜的叶子还没有巴掌大，肉乎乎的虫子就开始啃叶子了。只需一两天，叶子就只剩下架子了。

　　必须迅速行动，白天没有时间，捉虫运动就安排在夜晚。

　　阿布对捉虫子一直保持着特别的好奇。每次都自告奋勇：妈妈捉虫，我来打电筒！

　　我一旁观战，说：阿布，虫子可以吃的，我吃过（用油炸的）虫子。吃一个？

　　我不吃，你以为我傻啊。阿布态度很坚决：不吃！你吃我也不吃。

　　这种对话每次捉虫都要重复，乐此不疲，哈哈而过。

　　有附近高楼的夜灯，以及远处的霓虹映射，楼顶并不暗，但在捉虫时，必须需要电筒。偶尔会有这样的景象，这边的电筒忽闪一下，邻楼那边也有电筒在忽闪，像是在对暗号。不用打招呼，我们知道，夜晚捉虫部队开始突袭歼灭战了。

　　在有阳光的冬天，到楼顶的菜园，可以晒晒太阳，或者看看书。这个春天，阿布对下象棋产生了浓厚的兴趣，有太阳的周末，搬把椅子，说，来，爸爸，下棋！我要把你打得屁滚尿流抱头鼠窜以头抢地耳！这些成语，是我教他的，他觉得很好玩，很快记住了并用来对付我。

　　我说，好，你要是输了，要吃虫子，老子现在就去捉！

阿布的篝火

掐指一算，种菜已有不少年头，劳作的快乐，收获的喜悦，味蕾的触动，都让平淡的日子充满琐屑的美好。也常有各种虫害或者大狗的践踏、鸟儿的啄食，令人惋惜痛心。

捉虫是一个办法，但毕竟不是一个很好的办法。有一种虫食量十分惊人，半夜才出动，一夜之间能将菜吃得丝毫不剩，然后在天亮之前钻进泥土里，找也找不着。虽然我们"捉虫小队"已够勤快，经常夜里打着手电筒找虫，但效果依然差强人意。还有一种小得肉眼都难以发现的虫，其生长和繁殖速度快得惊人，一天之间，菜叶的背面就会被它们完全布满，不留任何空隙，整棵菜几天之内就会萎缩，蔫死。

再者，即使是害虫，毕竟也是个生命，对于不主张杀生的人，虫抓到之后怎么处置也是个很困扰的问题。

直至有年植树节，梅果不经意听说种在寺庙里的菩提树可能因为常年有烟熏，所以不长虫。说者无心，听者有意。可谓一句点醒梦中人。

在那之前的很多年，梅果偶尔会做火供，火供点也是在楼顶天台菜园旁（燃烧在密封的铁桶里，很安全），但一直是一天打鱼三天，不，至少三十天晒网，做与不做全凭一时兴起，难以坚持。

莲藕　觉悟故心空，有情故有丝

阿布不吃藕

从芳村淘回几口大缸，我们种了几棵柠檬小树苗。还剩一口，要不要装水再种点藕？

没想到阿布反应很强烈：我不吃藕！

这小子怎么回事？从没见到他对某种蔬菜有特别的厌恶，跟藕有什么过节吗？

忽然想到上个月，我们炒了藕片。辣椒是自己种的、腌制的朝天椒，还加了澳洲牛肉片，酸、辣、脆、爽，非常下饭！阿布也一连吃了好几筷子，停不了嘴。

我跟他开玩笑说，阿布吃藕，吃藕，丑！

你说什么？阿布忽然停下了。

吃藕丑，哈哈。我继续。

我不丑！他真的放下了筷子，停了下来，我不吃藕了不吃藕了！

不过是文字游戏，这小子居然信了？什么逻辑？

我说，开玩笑的，你吃藕，你不丑，你是小帅哥，藕很好吃哦。

我不吃了，不吃藕了。他依然坚决。

哪跟哪啊？不吃就不吃呗，居然还这么坚持。

这是拼读游戏，吃藕跟丑一点关系也没有。我一本正经地解释。

反正我再也不吃藕了。阿布说，我不丑。

本以为阿布只是当时说说而已，昨天在外面吃饭，点菜炒藕片，他依然坚持不吃。

那，我们这藕到底要不要种呢？

藕在我的印象里，并不是那么好种的。尽管湖北是中国最盛产藕的地区，湖北菜的莲藕汤也名满天下。但在我老家鄂西北山区，山多田少，藕并不高产，所以并非每家都种。大姐家的田不多，留了一小块种藕，夏秋之后，叶子干枯，田里基本无水，但保持湿润，藕处于冬眠状态，直到农历春节前，姐夫才会把这不多的藕挖出几筐来。二十年前，我见过姐夫挖藕，穿着长筒胶鞋，站在田里，用钉耙，用手慢慢地摸索，一节一节从田里抽出，有的能扯出一米多长。冬季的田里，非常湿冷。一次下雪，姐夫没有穿鞋光着脚，没戴手套挖藕的情景，我看着都直打哆嗦，他还满头大汗，冲着我憨笑：不冷不冷，你莫下来，田里很滑，你站不稳。

大姐收获了两筐藕，有一半跟左邻右舍分享了，另一半留着，过春节用。

我到广州之前，每年必须回老家过年，且基本上约定在正月初三去不远的大姐家玩一天。

说是玩，其实主要是吃。姐夫的莲藕排骨汤，是必须要先来一碗的。自家的藕，自家的排骨，大块的排骨，大块的藕，油非常厚，加八角、大料、花椒、酸辣椒等，大锅煮汤半天，我和哥哥一边打牌一边闻到莲藕排骨汤的香味扑鼻而来，忍不住要来一碗——在饭前就来一碗汤，大概是只有我们这"稀客"才会享有的特殊待遇——谁叫我们一年好不容易来一次呢。我们也从不客气，热汤刚起，再加香菜或葱花，味道真是鲜美，我们在小孩们流着口水的氛围下大快朵颐，竟毫不惭愧。

说真的，这些年也吃过不少的莲藕汤，每到一处，点菜也会偶尔点到藕汤、炒藕片，能赞不绝口的菜馆实在寥寥。倒是我们自己制作的，味道似乎更好。

我炒土豆有心得，但做藕片却信心不足。

洗净，切片，油锅之后，放藕片，加醋——加醋的道理如同炒土豆片放醋，为了脆。然后是放点酸辣椒片、葱。偶尔，也会加肉片。最终得到梅果和阿布两大评审每次不同的评价和结论，时好时坏，打分时高时低。我很困惑。

而自从"吃藕丑"的说法出来之后，阿布显得非常警惕，我一说炒藕片，他就会提前声明：我不吃，你们随便。

而这空缸，到底要不要种藕？

我或许要换一种思路解除阿布的思想"包袱"？比如，讲讲"接天莲叶无穷碧，映日荷花别样红"的意境？

要不晚上继续莲藕排骨汤，他吃着美味，或许就不再纠缠吃藕丑的问题了吧。

红萝卜　给你点颜色看看

人世初味红萝卜

红萝卜（胡萝卜）是我们必须要种的蔬菜。它对阿布来说，有着不同寻常的意味。

红萝卜是阿布最早认识的蔬菜，不是之一。

阿布没有吃过母乳，而他婴儿时期食量比较大，所以吃辅食比较早，未满月就开始吃淮山米粉，各种粥水也成了阿布的主食，而牛奶反而成了辅食。

吃得最多的便是红萝卜瘦肉粥，红萝卜排骨粥次之，外婆会将红萝卜、瘦肉洗好，切碎，然后用高压锅煮得稀烂，排骨则刷干净碎骨后用布袋装好放进去炖。

后来很长时间，要问阿布早餐想吃什么，红萝卜瘦肉粥一直高居榜首，如没了红萝卜或者瘦肉的其中一种，阿布会觉得难以下咽，"因为不够甜"。如果煮白粥，他一定会强调：加红萝卜！加肉片！

自己种的红萝卜会不会更甜？

不管怎样，得自己种。

红萝卜为半耐寒性蔬菜，广州气温比较适合。发芽适宜温度为广州的秋冬时节，生长适宜温度为昼冬春时节，温度过高、过低均对生长不利。

于是，秋冬季节，专门辟了块地，因为种红萝卜需要较多的土，还专门从其他的地块里匀些土过来。

耕种，播种，浇水，施有机肥。

红萝卜生长很慢，生长期比较长，可长达五个月之久。苗长得十分茂盛，足有半米高，我们一直在期待着丰收的那一天。

那次好不容易盼到红萝卜终于可以挖了，没有想到，挖出来的红萝卜很小，而且长相也不是我们常见的样子，皮肤粗糙、畸形根、裂根和叉根，可以用惨不忍睹来形容。

我们遭遇了种菜史上挫败感最强的一次。

想起来，还真是划不来，在尺土寸金的广州，浪费一块地四五个月的时间，仅仅收获了那么些可怜巴巴的小红萝卜。

红萝卜虽然又小又丑，但吃起来还是又甜又香，或凉拌，或炒，或炖，或煮粥，绝对唇齿留香，终生难忘。

阿布的早餐终于吃上了又香又甜的红萝卜瘦肉粥。梅果的做法通常是前一天晚上放在炖盅里炖一夜，第二天早上便满屋飘香。

受到那次挫败之后，这一季，我们没有再种。

但要让阿布吃上香甜的红萝卜瘦肉粥，怎么办？唯有千方百计去找有机种植的红萝卜。旅游或到乡镇、农村出差，我们都会专门去找当地农民种植的红萝卜，后来听说有几个网站可以买到有机的红萝卜和黄金红萝卜，而且是产地的，我们喜出望外，赶紧下单等配送，谁料没多久就接到他们的客服电话，说缺货无法配送，让换成其他蔬菜……

阿布吃粥一直有个原则，就是粥里一定要有肉，白粥或者其他五谷杂粮做的粥，他很少吃的，理由还是"没味道"。为了满足他对"有味道"的要求，不仅红萝卜瘦肉粥，梅果学会了很多种粥的做法，猪肉的、鸡肉的、牛肉的，还有蔬菜类、海鲜类等等。

　　前不久，我们去隐居在英德的山里的一个朋友家里，在其家不远处已经泡了水准备插水稻秧苗的田里，好友阿丽居然发现了别人收漏的红萝卜。梅果喜出望外，两个女人连忙拿锄头去挖，完全不顾泥水溅了一身，足足挖了两大桶。三四家人每人一大袋。带回家先晾晒干爽，然后放在阴凉处慢慢吃。

　　阿布怀念的红萝卜瘦肉粥又进入了他的早餐食谱。红萝卜的味道，是阿布进入人世间最早接触的味道之一，这是他两岁之前每天依赖且喜爱的美味。我想，这恐怕是他终身眷恋的味觉体验，毕竟，那是他来到人世间品尝到的最初的味道。

　　梅果偶尔会发现有些还在继续长叶的红萝卜，于是她将红萝卜带叶的那段切下来，找个小容器放水养着，竟装点成一处不错的盆景。

芹菜　芹者勤也

芹香"广马"

在我的印象里，这大概是阿布起床最早的一次。

12月11日，广州马拉松比赛日，我第一次参加全马赛事。

6点起床，居然看到厨房灯亮着。

你们这么早？我很惊讶。

我们给你煮早餐啊。阿布说。

阿布昨晚算了时间，说必须在6点前把早餐做好，爸爸才有充分的时间到赛场。梅果说，阿布要赶在你起床之前给你做早餐。

我煮了你最爱吃的芹菜牛肉水饺。7个！阿布说。

我记得昨晚是说过早餐吃6个水饺，本来计划自己煮的。没想到刚起床水饺已经熟了。

梅果还放了一点青菜：嫩的芹菜叶子。要按饭量，吃20个也没问题，但要跑步，得少吃一些。阿布说：你说6个我给你加了1个，多吃点，有力气，跑得快。

出乎意料，又特别温暖：本来一人的行动，成为全家总动员，为我争取了至少10分钟的时间（后来才知道，这10分钟太宝贵了，差点迟到）。

有了芹菜水饺及热汤的垫底，伴着芹菜的余香，我的首马旅程超乎预期地顺利。比计划用时快了近半小时。枪声成绩4小时59分27秒，净成绩 4 小时 50 分 1 秒。安全完赛。

现在想来，阿布的芹菜牛肉水饺和散发着鲜嫩清香的芹菜叶才是最暖心的动力。

人对蔬菜的感情，往往因为生活中某件不经意的小事。

在此之前，芹菜在我的生活里根本没有特别的记忆。对我而言，不过就是我菜园里的一种有机蔬菜，是众多美味的一盘而已。但从这天起，好像有更为特别的感触，也就多留了意。

广州的季节，并不是中国传统意义的四季，冬季太短，大概只有三季，很多菜的季节跟大多数地方传统的季节要偏晚，北方秋季的菜，广州冬季也适合。芹菜秋冬季节都适合生长。我们的菜园里，芹菜长得很欢乐。

芹菜原产于地中海沿岸的沼泽地带，我国芹菜栽培始于汉代，至今已有 2000 多年的历史。古代希腊人和罗马人用于调味，古代中国亦用于医药。在欧洲文艺复兴时期，芹菜通常作为蔬菜煮食或作为汤料及蔬菜炖肉等的佐料；在美国，生芹菜常用来做开胃菜或沙拉。

我最喜欢的诗人苏轼居然特别爱吃芹菜，他还种了一片芹菜，在《东坡八首》的第三首里，专门给这片芹菜写了首诗："泥芹有宿根，一寸嗟独在；雪芹何时动，春鸠行可脍。"他特意为这道菜做了一个备注说明，说："蜀八贵，芹芽脍，杂鸠肉为之。"意思是，芹菜是蜀地的八贵之一，用斑鸠的肉炒了来吃，十分好吃（在此声明，那是宋朝，现在严禁吃野生斑鸠，可以换成其他肉类）。而曹雪芹呢，大概是受了苏轼的影响，也喜欢芹菜，他最爱吃的一道菜，就叫"雪底芹菜"，曹雪芹还给这道菜备注说："泥芹之泥虽是污浊，但它的雪芹却出污泥而不染。"曹雪芹本名不叫曹雪芹，叫曹霑。他的字叫梦阮，"雪芹"是他的号。另外，他还有"芹圃""芹溪"两个类似马甲的小号，都和芹菜有关。可见，曹雪芹是多么喜欢芹菜。

这芹菜，素有"万能药菜"之美誉，很早以前先人们就已经发现了芹菜的各种功效，在清朝更是成了皇家御菜，康熙对芹菜更是情有独钟，写过"生猛海鲜，不如名公的芹菜鲜；山珍海味，不如名公的芹菜符合朕口味"的词句。

芹菜居然这么多趣闻，而对于我们，芹菜意味着一碟美味：芹菜炒蛋、凉拌芹菜、芹菜肉丝、芹菜牛肉、芹菜炒豆干。当然，还有我可能会永远记住的"广马"芹菜水饺早餐。

现在越来越多的粉面馆和汤馆，用切碎的芹菜当佐料了。乍一看，以为是香菜。一尝，原来是芹菜，也好，符合朕口味。

素食煮意

毫无疑问，小孩是肉食动物。

之所以土豆片稳居阿布美味排行榜第一位，是因为没有强调前提条件：在没有他喜欢的肉菜的情况下。

但，这几年来，阿布越来越爱吃青菜，或许是因为跟种菜有关？

今年夏天，他的手裂皮，我们说，你的蔬菜吃得太少，缺乏纤维素，所以掉皮，得赶快多吃青菜补充。他每顿吃饭都会强调：留青菜！我要吃！

有机蔬菜跟菜场买来的蔬菜，最大的区别在于：有菜本来的味道。

到底是什么味道？很难用语言组织。如果您到过深山里的田野，呼吸过那里的空气，采摘过那里的青菜叶子，甚至嗅过、咀嚼过，您大概会有一点真实的体会，那是自然的味道、土地的味道、空气的味道、太阳的味道，纯净得让您想起味精鸡精、五花八门的调料就会反胃。

在我们家里，有机的、纯天然的时令蔬菜已经强占餐桌的主要阵地。

我也曾是个肉食动物，几乎无肉不欢，无肉不饭。一个偶然的因素，我决定吃素 7 周 49 天。

食素的体验非常深刻。第一周的后几天，非常馋，看到喜欢的肉菜，直咽口水，胃部蠕动；第二周，饿感难忍，总感到没吃饱；第三周，开始适应，嗅觉对肉食非常敏感且脆弱，而且有个巨大的味觉差异：闻到肉菜的隐约的臭味，而之前闻到肉是香的（这个体验跟戒烟非常相似，我曾经有不大的烟瘾，8 年前戒烟之后至今一根未抽过，而且，闻到烟味就头晕，非常厌恶烟草味）；第四周，对素食更敏感，对蔬菜味道更喜欢；第五至七周，排泄物的臭味进一步减少。据说女性长期吃素，身体会散发一种淡淡的香味。

但我终究是个俗人，太多的美食诱惑，我不再坚持吃素。当然，还有一个重要原因是：吃素一定要有个专业的营养师随时提供营养咨询和食物建议。最重要的因素是，我内心深处还不是一个坚定的素食主义者。

其实，对于我而言，最关注的是，素食营养究竟够不够？有研究表明：与普通人相比，素食者更容易缺乏蛋白质、钙、铁、锌、维生素（尤其是维生素 B12，几乎只能从动物性食品中获得，缺乏维生素 B12 会导致精神障碍）。这些营养物质虽然也能从植物中获得，但是从植物中获得，其吸收率要比从动物性食品中获得的低很多，这意味着素食者获得这些营养物质更加困难。与普通人相比，素食者必须非常注意食物的种类和搭配，才可能获得比较全面的营养，而这是很多人做不到的，因此素食者营养缺乏的可能性比一般人更大。

所以，素食者除了信仰之外，一定要有专业的营养师。只要搭配合理，营养足够人体摄取就行。越来越多的运动员吃素，也能取得骄人的成绩就是证明。有个叫斯科特·尤雷克的美国人，他天生脊椎侧弯，大脚趾外翻。但在全素食的运动生涯中，他成长为美国长跑名将，被誉为"超马之神",他连续 2 年获得恶水超马赛冠军;连续 3 年获得斯巴达松超马冠军;连续 7 年获得西部 100 英里耐力赛冠军。他为此写了本书,名叫《素食·跑步·修行》。

梅果曾坚持吃了 3 年纯素。她的体会比我深刻多了。除了饮食,还有信仰:关于不杀生,关于福报,关于慈悲。她心怀慈悲。不过,佛说:一切随缘。如果想吃肉,说明身体在呼唤,有需求,也可以吃。毕竟,吃素食需要很专业的营养膳食搭配。所以,梅果现在的状态是素食为主,偶尔"随缘"。

我们现在,会定一些专门的日子,吃素。

而种菜,让我们更加热爱青菜,热爱素食。

或许以后,我们会真的成为真正意义上的素食主义者。随缘吧。

阿布的佛性明显好于我,他不再执着于吃肉,吃素有时会成为主动的选择。

堪布来的几天,阿布提醒我:爸爸,我们晚上要吃素,你要想吃肉,中午自己多吃点啊。

饕餮盛宴不如小菜一碟

阿布说的这位堪布，大概是我见到的最简单最纯粹的人。

认识堪布，非常偶然，2010 年在郑州大佛寺，见到这位年轻的高僧。2011 年的春节，我们邀请他到广州，这里更暖和，适合过冬。他和另外一位懂汉语的朋友扎西，一起过来，这也是他第一次到广州。那时他还不懂汉语，一个汉字也不认识。

在家里，我们建议他学汉语，给了他一本字典，偶尔会教他一些字。他每天居然可以认识数十个汉字，汉语水平从无到有，突飞猛进，不多日，他居然可以说简单的汉语，认识简单的文字了。他有着超乎常人的博闻强识的能力，让我惊为天人。

也难怪，扎西介绍，这位堪布，1984 年生，1996 年在大成就者指引下到五明佛学院学习五部大论，2002 年获得堪布头衔，2008 年在五明佛学院修行大圆满。后来，梅果专门去了趟五明佛学院，堪布所到之处，备受尊崇，因为他是佛学院为数不多的大成就者，心里更加佩服：越是大成就者，越简单。

而这位大成就者，在我看来，就是一个咧嘴就笑的单纯的大孩子。最让我佩服的，是他一直以来的素食生活。他的生活，除了诵经、吃斋之外，几乎没有其他内容，简单得让我这种俗人无法理解。

因为堪布的到来，我们决定吃全素。阿布比我还支持。

好在我们自己种了许多菜，澳洲芥菜（其实就是一种雪里蕻，但邻居说是澳洲来的种子）、生菜、莜麦菜、人参菜、芹菜，这些时令蔬菜在菜园里长得正旺，足够我们每天的食用。

这次已是堪布第三次到广州了，他偶尔会在我家楼顶的菜园晒晒太阳，看看书，他的汉语早在 2011 年就可以流畅对话，汉语阅读水平那时已完全可以看书看报了。而且，他就是用一本字典学的！

这位高僧依然简单而纯粹，每顿，一碗米饭，一些青菜，中午有时几个红薯或者粥就可以了。

我问他，你吃这么少，会饿吗？他说，不会，习惯了。

内心纯净、有信仰的人有着不可思议的能量。

素食斋饭，对于他，是一种信仰，对于我们，根本没有上升到信仰的高度。

我常常用"肉食动物"来形容阿布，因为阿布常常会叫嚷：要吃肉，很多很多肉！我开玩笑：你要吃牛肉面吗？（在某个小餐店，有道饭菜就叫"好多好多肉"，就是牛肉面加 5 元牛肉），我和阿布印象极为深刻，于是每次说"好多好多肉"都会让我们会心一笑。

阿布不再执着于吃肉，大概来自一次素食体验。

2016 年，有朋友组织了一次诵经耕读素食的夏令营，阿布是班上唯一一个没有家长陪同的孩子，他们每天早上 5 点起床，诵《道德经》，每天纯素食、馒头、稀饭、米饭、面条、青菜，有时去学种地，抛秧、拔花生，或者徒步，在大自然中体验自然农法。

阿布说，别的同学都有爸爸妈妈带，他就一个人，开始他好想家，晚上还偶尔在被子里哭，但白天他表现得比谁都独立。短短一周的耕读素食体验，阿布似乎长大了不少。

至少现在，他对连续几天的素食已经习以为常。

我们只是素食体验者，还远远谈不上信仰。

多年来，素食主义者悄然传播的素食文化，保护地球生态环境的返朴归真的文化理念，使得素食越来越成为一个全球时尚的标签。素食，已经成为一种全新的环保、健康生活方式。在美国有 1/10 人口、英国有 1/6 人口已经或正在考虑成为素食者，而在中国，越来越多的人加入素食者的队伍。

我们倡导环保，但并非素食主义者。而种菜，确实让我们越来越热爱蔬菜，对吃饭时大鱼大肉大排场早已不再习惯。我们发自心底里更加喜欢青菜，而天下最好吃的青菜，是我们亲手种出来，亲自炒出来的，是不是很有成就感？

所谓山珍海味、饕餮盛宴，在我们看来，不如自家小菜一碟。

这也算养了浩然之气吗？

堪布离开的日子，我在想，他们每天箪食豆羹，而内心从容淡定，充满喜悦，该有着怎样的信仰，有着怎样不同常人的幸福感啊。

溪童细雨采椿芽

"我已经吃了4碗了,太饱了!"阿布说,"吃不了5碗了,肚子太撑了!"

这大概是阿布吃面条有记载以来最多的一次。除了阿斗奶奶的手擀面味道太好之外,那盘椿芽炒土鸡蛋也太美味,吃得他停不了嘴。

是的,椿芽炒鸡蛋。这个春天我们第一次吃。刚从树上摘下的新鲜椿芽,开水焯,切碎拌鸡蛋炒,农家土鸡蛋,柴火炒出,味道绝美,还没出锅,香味就四处飘荡了,孩子们玩耍了半天,胃口更好,几个小伙伴吃饭比赛,阿布的食量也创出了新纪录。

椿芽辣椒酱也是他们独家的调味佳品。我因为这也多吃了半碗,那可是两手围不住的超级大海碗。

4月的第一个周末,我们大小7人从广州到英德的一个山村里拜访朋友曹彬。曹先生颇为有趣,十多年前,我们曾住在同一小区,那时他刚刚完成创作展现时下城中村生活图景的画卷——《曹村纪事》,用了3个多月时间。当时在一家广告公司上班。但他越来越不能忍受按别人要求作画,对他来说,简单地画广告是一种痛苦。内心自由的向往让他常常有些现实的荒诞感。他后来到了阳江,在这里遇见了后半生最重要的人,很贤惠的妻子阿丽。前几年,他们来到广州的小洲村,能干的阿丽打理了一家客栈，他们的儿子阿斗出生。

吃素信佛的曹先生，越来越约厌倦城市的生活，糟糕的空气，嘈杂的人群都让他感到压抑。他们决定到山里去居住，回归自然。

他们在英德的一个村子里长期租了一个十多间屋子的大院子，还租了八分田。他也成了这里私塾的绘画老师。日日亲近山水，天天坚持打坐，座上气息饱满，大地牢靠如磁，他更加坚信给孩子一个返经归农的"拟古"状态是对的。

山中清新，鸡犬相闻，蛙声一片。练字，画画，读经，打坐，雕刻。这才是他向往的生活。

"又见菜花黄，诫己莫癫狂。掐支带回家，静静闻其香。写句打油诗，无聊题画上。想起故乡来，亲友还好吗？"这些意境，常在他的画里，在他的生活里。

但他并不愿别人叫他"画家"。他说，"本人深厌'画家'二字缚我，本人画画纯粹自娱娱他，若看我画能一乐者，皆宿世结得欢喜缘者！"就我的观感，他的画作比之前更风趣达观，透着佛理。

曹家厨房自己写了对联"进村且看天色风花雪月途中客，回头又见炊烟柴米油盐平常人"，横批"知足乐"。院子里几个套房也有对联"屋后几块菜地蔬食养志，门前一株桃花静待花开"，横批"很文艺"。"三分呆气下田种地，一片诚心入山读经"，横批"耕读好"。"游于艺最爱好山好水，志于道不耻恶衣恶食"，横批"仁为美"。

他甚至在这里学会了"艾灸"。我感冒几天不见好转，他说：来，试试我的"艾灸"疗法！用艾香灸了几个穴位，第二天醒来，神清气爽，果然好了。凌晨6点多围着村子慢跑，呼吸着泥土的味道，听着时断时续的蛙声。7点多的时候遇见曹先生带着阿斗、小米和阿布几个小孩子在村子的大院坝操场晨跑。这场景让我无比羡慕。

早餐之后，我们决定去采椿芽、挖野菜，7大3小，一路田埂过去，梅果挖野麦菜小苗回家种，路边椿树有嫩芽，孩子们采摘更为雀跃。金朝诗人元好问的诗句"溪童相对采椿芽"的场景就在眼前呈现。

天空飘起了小雨。曹先生在树丛里摘了大树叶，每人一片，遮雨。
一上午，摘香椿一筐，野菜若干。
梅果还挖了几棵小椿树。一回到家，就种在楼顶大盆里，也许明年的春天，我们就有自己的椿芽咯。

第二辑　　顶楼的青葱岁月

青春期的荷尔蒙在楼顶依然飘荡。
现在的荷尔蒙的气息来自青青菜园。

大葱　你算哪根葱？

顶楼的青葱岁月

菜农的楼顶毕竟最像楼顶。且不说春天的白菜、夏天的椒、秋天的茄子、冬天的韭，只那一块什么也没有的裸地，也会让人遐想：又种了什么？会出什么样的苗苗呢？

未满 8 岁的儿子阿布总是充满了好奇：快点出来吧，我们一起浇水吧。于是每晚会提醒我：爸爸，上楼浇水了，我们一起去！

更多的时候，我和阿布在楼顶做运动，各自举自己的哑铃比赛，看谁举的次数多。或者，比赛做俯卧撑。当然是我赢，不然，天理何在？梅果更加热爱种菜，大多时候，她就在一旁浇菜。我们玩够了，她也差不多结束了，一声令下，回家。于是迅速收拾武器。

当然，在楼顶一般不要在晚上 10 点后活动，声音会影响到邻居。

我们这个小区的楼顶，大多被利用（当然是在管理处允许的范围内）。除了种菜，还有种花草，也有葡萄架，夏天各家各户出来乘凉，有一搭没一搭地聊天，邻居之间互相熟悉交好，大多在这种闲谈中渐渐熟悉。甚至可以互相交换菜种菜苗，结为更加亲密的菜友。

爱喝茶的邻居在楼顶放了茶桌茶凳，夏天的黄昏，经常可以看到他们一家三口在楼顶吃饭，喝茶。

最有意思的是每年中秋之夜。

十多年来，我们在广州过的中秋，只有楼顶的记忆最为有趣。小区内五六家好友十几人约定到我们的楼顶，每家自带一两道最拿手的菜品、点心，还有月饼、啤酒。在楼顶用报纸铺开，席地而坐，喝酒赏月聊天。

不过近两年几家人纷纷搬走，两家人留守，再没有在楼顶聚餐赏月了。

大家偶尔聚会谈到中秋楼顶的热闹场景，莫不怀念。现在的话题是：你种了什么菜？我们到楼顶看看？

楼顶从来不寂寞。

我站在楼顶，常常会想到很多年前的场景，想起郧阳日报（现在的湖北十堰日报）编辑部的旧楼（10年前那里已经拆了盖了新楼）。楼顶有间十米平方米的小屋子。夏天的傍晚，总会遇到这样的情景：三位老朋友光着膀子、穿着大裤头，在那间小屋子里写稿，常常为一个字词的表述争得面红耳赤。

编辑部楼顶的小房子格外显眼，远远看去像是一个小哨所。屋子里除两张小床和一张桌子之外，别无他什。在我的印象中，好像没见过椅子，因为我每次都坐在床上。这几个朋友当时刚参加工作不久，报社安排住在这里。让我迷惑不解的是：这个蒸笼般的小屋他们居然睡得着？而那个夏天他们居然连电扇都没有。

他们三人都曾是学生会的头目，文学社的干将，据说骗得不少女生的仰慕。现在在两家不同的新闻单位，爱好和职业的统一使他们如鱼得水，干劲十足。

他们三人在那个夏天不停地想点子、采访、写稿。四处奔忙，几乎没有什么休息的时间，也使他们体会到丰收的喜悦：不仅本报连发头版头条，而且中央、省一级的大报刊那两个月上了10多条，近一半是"特稿"，占半个版面，让我很是佩服。

　　年轻人在一起，酒是不能不喝的，有一次喝酒看球竟醉得惨不忍睹：在那个小屋里东倒西歪，枕头是对方的脚，吐得一塌糊涂。

　　生活简单却充满乐趣，岁月杂乱却溢满激情。年轻的报人就这样度过春夏秋冬。

　　报社早有了新办公楼和新家属楼。身处斗室的日子已经是多年之后一个让人怀念的传说。

　　我们见面也会谈到楼顶的话题，依然会提到连夜去买望远镜的经典往事，然后心照不宣，哈哈一乐。

　　青春期的荷尔蒙在楼顶依然飘荡。

　　现在的荷尔蒙的气息来自青青菜园。

　　今晚的楼顶菜园，安静而祥和，虽是冬季，但风并不寒冷，有一丝清凉。不远处是暗自流淌的珠江水，窈窕多姿的小蛮腰，我听到了菜苗的呼吸，感受到它从泥土里钻出的欣喜。

又是一年樱桃红

我一直固执地认为，春天最好吃的水果，是樱桃。

3月底4月初，是樱桃花盛开的季节，这花海让菜农无比向往。

我们曾想移栽樱桃，好不容易带来小树苗，但是，广州气候湿热，它没法成长，它更喜欢华中地区的环境。这个季节，正是鄂西北地区樱桃成熟时。

来广州已十多年，但吃到樱桃的机会屈指可数。前年4月回老家，十堰到处是红樱桃，好几年没有解馋了，每天都要干掉无数颗。樱桃的奇怪之处在于，吃不厌，吃不坏，越吃越想吃。

老友洪领说，不如我们自己摘吧。于是他驱车到四方山，山顶十堰全景一览无余，半路上，有户人家路边的樱桃正红。门口有个老太，我们上前问：摘点樱桃啊？老太说：好，你们随便摘。

儿时跟堂弟在老院子偷偷摘樱桃的情景那一刻如此清晰，重要的是，那时我们从来没有被发现过。但现在我们必须先征得老人家同意，不能再悄悄地干活。问老太找了方便袋，嗖嗖嗖就爬上去了，两人各摘一枝，很快就满了两袋。用老太小院的自来水冲洗干净，每颗晶莹剔透，在太阳下闪着欢乐的光，自然先饱了口福，干掉若干，带走几斤，留下数十元。

我们摘樱桃的经验真是太丰富了。时间再前推几年，我们路过"故事村"的时候，也上了樱桃树。

说是"路过"，其实是探访。那年春天，我和洪领决定去"伍家沟民间故事村"，从十堰到丹江口，找到六里坪镇文化站老站长李征康老师，他家就在文化站住，我们去的时候他们正准备吃午饭，我们不仅成功"蹭饭"，而且还吃了很多的餐后水果——樱桃。李老师痴迷于民间文学研究，早在 20 世纪 80 年代，他就因发现"伍家沟故事村"而闻名，是享受国务院特殊津贴的专家。在伍家沟，李老师几乎是一个偶像般的存在。

因为李老师，藏在道教圣地武当山北麓的深山峻岭中的伍家沟为外界所知，并被专家誉为"中国南方民间故事村"，这里"九沟十八洼，一百单八岔，岔岔有人家"。村里幽静、安详，一片鸟语花香景象，感觉进了世外桃源。李老师带着我们俩进村，村里人视李老师如自己家人，都过来打招呼或者邀请进屋喝茶。

这里也有不少樱桃树，我们一路走，李老师还笑着说：想不想吃？自己摘吧，在这里，李老师就是主人。

李老师后来又发现了被学界称为"中国汉族民歌第一村"的吕家河民歌村。巧的是，李老师带我们去吕家河也是在樱桃花盛开的季节，武当山南神道深山中的吕家河民歌村，云雾缭绕，田园锦绣，溪水长流，那点点片片的樱桃花将这个神奇的山村装点成人间仙境。

现在这个季节，那里想必到处都是红红的樱桃啊。

日日有思，竟有所得。居然有朋友送来一箱美国樱桃"车厘子"。

这车厘子果肉细腻，清香可口，甜美细嫩，如果有人说这是"水果中的钻石"，我要说，色泽红艳、味道甘美的中国樱桃一定是您最想品尝的那颗"钻石"。

资深菜农梅果的神奇还在于，这樱桃，居然可以制作成美味的饮品"樱桃西米露"，樱桃洗净去核，加冷水、西米、冰糖，放入炖盅，慢慢熬制一晚。早晨，一碗热气腾腾、调中益气、健脾和胃、祛湿美白、滋润肌肤、甜蜜可口的"樱桃西米露"让满屋飘荡着诱人的气息，让这个普通的日子被红红的樱桃甜蜜融化，余味绕梁，弥漫着整个春天。

白菜白菜，贫富都爱

花鼓白菜

　　邻居阿叔播的白菜种发了芽出了苗，让我很是疑惑：白菜不是秋天种冬天吃的吗？

　　阿叔说：我这是春白菜，苗大了，给你几棵种种看。

　　当然好。

　　现在市场里的菜，因为温室种植的缘故，一年四季差不多什么菜都可以吃到。

　　如果不是自己种，还真的想不起来蔬菜的季节。尤其是温暖的广州，跟全国很多地方不一样的是，可以选择更多的品种来种。

　　我之所以如此坚定地认为白菜是冬季蔬菜，源于多年前的那场雪。

　　直到现在，我依然记得，那座叫鸡公山的山，山野丛林，白雪皑皑，那一路深深浅浅的雪里的脚印，和一路的欢声笑语。

　　那年春节，我和庹明生、雷勇三人，决定从十堰去竹溪，探访一个数十年如一日的一家护林人家，老张家。

　　腊月二十九在我老家团年。我一高兴就喝高了，一觉睡到第二年。

　　根据原计划，正月初一，从我老家动身。

　　我们来到老张所在的村，找到了一个向导。

四人，再往山里前行。深一脚浅一脚，过一山再一山，山里有积雪。阳光灿烂，照在雪里耀眼。

半天之后，终于到达离镇上20多里的梅花阵的护林人家老张家。

老张在这里一呆数十年，看护数千亩的山林。过大年，儿子孙子从外地赶回来，一家三代团聚，我们成了他们家这一年第一批远道而来的客人。

一家人淳朴热情，格外的欢喜。

在这个下雪的冬天，蔬菜并不多，他家周围的菜园子里，只有白菜和萝卜。白菜是唯一的有叶子的青菜，显得格外稀贵。但他们做了满满一大桌好菜。刚从雪地里现摘的大白菜，炖他们自己放养的前天刚杀的羊肉，热气腾腾，还有干红辣椒清炒的白菜绿叶，还有白菜帮子切成丝炒的肉丝，脆爽、鲜甜，这可能是我吃过的最美味的白菜。

庹明生快言快语，笑话不断，欢乐的气氛大多被他点燃。

晚上我们住在老张家，烧着柴火取暖。

有烟火噼噼啪啪，我们很兴奋，围炉夜唱。

老张还会唱一些花鼓调子，打响器，他打锣，他儿子打镲，庹明生敲鼓，我打钩锣（这是稍微简单一些的乐器，主要打节奏，其他乐器我不会）。

当然要唱歌。轮流唱，雷勇首先唱了一曲《大花轿》。老张是主唱，唱的是竹溪民间曲调花鼓子歌，一般适用于过喜事（结婚什么的），过年当然是喜事，唱花鼓也应景。高亢，昂扬，热烈，唱一句打一阵锣鼓，结尾处锣鼓喧天，高潮迭起，十分喜乐。

我很小的时候听过，略微会点曲调，跟着吼，调子简单容易学，最后我们都跟着老张唱。一唱一笑一锣鼓。

山里日月，远离尘世。

我们的欢笑声在山谷里久久回荡。

半夜唱饿了，消夜，每人又来了一碗热乎乎的羊肉白菜汤。

第二天下午，我们离开老张家。

路过被雪笼罩的白菜园，那片白菜的绿叶在雪里闪闪发出碧绿的光。

很多年了，我一吃白菜，就会想起老张一家，想起那些花鼓。

白菜，千百年来是我们每个普通人家最常吃的菜品之一。但是，实在想不到，德国前总统也爱吃。那年3月，76岁的德国前总统高克访华，国内众多媒体报道说，高克来北京的一个晚上，在使馆人员陪同下直奔北京最热闹的餐饮街簋街，在就餐的四合院里，高克一行坐了四桌，先上点心，然后上凉菜、热菜，其中有白菜烧羊肉。

白菜烧羊肉！我的脑海忽然闪回到了竹溪的梅花阵老张家的白菜园。我们曾经大快朵颐吃过的白菜炖羊肉，那才是最美味的白菜。总统吃的白菜，不知道有没有老张家的雪地白菜味道好。

白菜也是我们的家常菜，无论是煮面条，还是鸡蛋汤，都会放点白菜叶，前不久炒的酸辣大白菜，也被阿布点了32个赞。我们自己也移栽了邻居的春白菜。但是，无论怎么种，无论怎么有机健康纯天然，也无法吃出那年老张家白菜的香甜。而那花鼓，更是有好多年没有听过了。恍如隔世。

秘制：苋菜与酒

菜农可不一般，随便种点菜，竟都大有来头。比如苋菜。

甲骨文中已有"苋"字，宋代苏颂说："赤苋亦谓之花苋，茎叶深赤，根茎亦可糟藏，食之甚美，味辛。"清代萧雄《西疆杂述诗·园蔬》说："几畦蔬菜不成行，白韭者葱着意尝。萝菔儿情秋色老，蔓菁缥贮隔年香。"苋菜叶有粉绿色、红色、暗紫色或带紫斑色，故古人分白苋、赤苋、紫苋、五色苋等数种。此外，尚有人苋和马齿苋，统称六苋。有的地区把苋菜称为"长寿菜"。它富含多种人体需要的维生素和矿物质，是提高机体免疫力，减肥排毒的绝佳美食。

假装读书人引经据典，恶俗！上面那些都是"度娘"的资料。菜农种菜，菜农实在。

夏秋两季，是苋菜丰收的季节。

中秋还没到，苋菜已经要吃第二茬了。

我们种的品种叫"美国苋菜"（很反感菜名前加国籍，好像菜农不知道美国似的，菜农很多年前也上过小学好不好）。

不管什么品种的苋菜，有一点是一样的，汁是红色的。

梅果居然做了一道我们有生以来从未吃过的菜："秘制胭脂藕"。

这个菜，最关键的食材就是苋菜。

莲藕一两节，苋菜一把，米酒一碗，蜂蜜几勺，白醋少许。

苋菜煮水，取汁。玫瑰的红色。温凉，加蜂蜜，搅拌均匀，放冰箱冷却。

脆藕切片，沸水煮，取出，冷水冲，进冰箱冷却。

冰好的苋菜汁加醋，米酒。搅拌均匀。

淋在冷却好的藕片上。

玫瑰红，色彩艳丽，清脆，酸，甜，冰，爽！

还有！苋菜汁红酒！

苋菜汁、醋、蜂蜜、客家米酒调制。

有点酸，有点甜，有点咸。

淡淡的酒香，丝丝的蜜意。

如果想再清凉，再冰冻数小时，那味道！

我不知道应该怎么形容。

我前所未有的体验！

自制的苋菜汁红酒哦。

这"秘制苋菜汁红酒"，忽然勾起我对酒的记忆。

我已经很多年没有醉过酒了。

而关于酒的记忆如此清晰。

很多年之前一场酒战，让我们铭记一生。

刚上班那会儿。我与朋友庹去县里采访。因一小学生被学校大门夹坏，交了保险却得不到赔偿。

我们到了出事的镇上，采访学校、当事人、保险公司等。

晚饭在镇上一家酒馆。镇里一定要招待我们。陪客居然请了当地

"四大酒缸"。

我与庹看这阵势，有点不对，看来要放倒我们啊。

庹给我使了眼色，那意思是：我来应付。他酒量比我好。

我们也不能都倒下，总要有人"活着"。

一上菜，酒还没开，我拎起酒瓶，打开，自己给自己倒了两杯。

"先干为敬！我不能喝酒，敬各位两杯！"

喝罢，我说："我吃饭！我不能喝，酒量有限，不好意思！"

"四大酒缸"从来没有见过这样的酒规，没反应过来。

他们的酒规有 360 条，我这大概是第 361 条。

庹说："不管他！不管他！我们喝！"

捉对厮杀，天昏地暗。

如果不是他们内部也互相缠斗起来，那天，庹恐怕真的当场就倒了。

他一人喝了大约有两瓶吧，高度白酒。

我也算见识了庹的酒量，我知道他能喝点酒，但我没想到他能喝那么多白酒。还没当场吐。

算超水平发挥吧。现场激发的能量真是惊人。

那是我这么多年来见到他喝酒最多的一次。

临走，他已是酒气冲天。还能站稳。

上车，回家，他一路昏睡。

后来，本地媒体、中国青年报、人民日报发了。小学生的官司也赢了，得到了赔偿。当地关于给学生买保险的事也规范了。事态发展比我们预期更圆满。作品也获了"湖北新闻奖"等多个奖。那顿酒没白喝啊。对了，还记得那天有个菜，是苋菜炒腊肉，我一直很纳闷：为什么是苋菜，不是用青椒？

吃饭基本不劝酒，是我喜欢广州的众多原因之一。

一般来讲，多数场合，喝多喝少，随意即可。吃饭没人劝酒简直太幸福了。

与老家鄂西北一带往死里劝酒的风俗，简直相差太远了。

这种差别让我第一次去岳母家竟有些失落。在她家玩了 5 天，从来没人提到喝酒的问题，他们家也没人喝酒。那里的春节，除了放鞭炮、贴对联外，几乎和平时没有两样。

那个春节，是多年来，唯一没有酒味的春节。

而那里安静的夜晚，和压抑的快乐的春天来临的尖叫，总让人怀念。

比喝酒好啊。

也从此爱上了客家菜。

我们种的"美国苋菜"，是从河源带来的种子，算是客家菜?

一下雨，苋菜便疯长。

梅果说，看来我们每天都能喝上秘制红酒了。

黄瓜的狂欢

春天里，菜园里自己搭了架子，夏季青瓜开了黄黄的花朵，一茬又一茬。6月第一次摘了一小筐，十几个。洗洗就直接啃了。

黄瓜的原味！第一次体验这么深刻。

如果不是自己种，我真的不知道黄瓜居然这么脆，这么香，还有甜味！

我之前吃的黄瓜到底是什么味道？我想起的是油盐酱醋蒜瓣的味道，黄瓜什么味道？黄瓜有味道吗？真让我太惊讶了。

从此不爱吃黄瓜——准确地说，是不爱吃菜市场或者餐厅做的黄瓜，只爱吃自己种的。这才能吃到黄瓜本来的味道。

不知道是好事还是坏事，自从自己种菜之后，就再也不想买菜了。我们自种的菜，外形最大的特点就是：长得很小不说（比市场上小得太多了），还长得歪瓜裂枣的，不好看，色泽也没那么鲜亮。黄瓜亦然。

但是，好吃啊，一点化肥没用，偶尔施点有机肥，实在少得可怜，主要靠雨水、空气和土壤本身的肥力，所以，瘦小是必然的。

没有关系，我们种菜只是自己吃，不搞产业化，没有为家庭创造GDP的压力，随它们自己生长吧。

这个夏天，我们收了五六次黄瓜，但是一次也没有炒过，全部被我们当水果抢着干掉了。对于黄瓜来说，这礼遇是前所未有的。

说"前所未有"其实不准确，在多年前，我也曾放开肚皮大啃过一次。

那年夏天，我去探访文化站站长大明，正好碰上七夕，他们那个乡的一个村支书的儿子考上了武汉大学，夜里请乡亲看电影。

夜幕刚罩下，村里就来了两个汉子，带着扁担，找到大明，挑上放映机，催道：走走，大伙等着呢。

大明说：一起吧，我给他们放电影。

山里的夏夜很凉爽，月亮还没上来，星星零撒在远空中，闪着亮点。我们一行拿着电筒探路。

大明说，支书的儿子考上武大，是这么多年来最大的喜事。这儿的人有啥事，总想请隔壁邻舍看场电影什么的。

支书家三间新房满屋都是客人，屋外靠墙的空地上用帆布搭了大篷，篷下临时砌了个灶，一摞蒸笼热气腾腾。

院坝场子宽敞，几个小伙子在大明的安排下牵好了放映机用的白帆布银幕，放映机放在场中央一张方桌上，桌腿竖绑一根竹竿，竿顶拉着电线挂一灯泡。屋角放一磨电机，预备停电了用。客人、院里邻居还有远村赶来的大人小孩都搬了椅子，在场子里坐着等着，说着笑着。放映桌旁围着一圈小孩，目不转睛望着大明布置放映机，试镜，调距，对光，上卷儿，眼里发出羡慕的光。很像儿时的我。

我现在看电影老喜欢坐在最后一排正中间，可能跟小时候看电影老挤在放映机下面有关。

我们就坐在放映机旁边，这时候月亮已经上来，院外的山村被人们的热情衬得越发宁静、旷远。支书端来一盘瓜子儿，一叠拍黄瓜，两杯茶。

大明放电影没空吃，我一人干掉两盘。

两场电影放毕，已经较晚了。支书家丰盛的消夜也做好了。满满一桌菜，有黄瓜炒肉片。我印象很深的是，菜都吃得差不多了，大家基本吃饱了，大明好像特别爱吃黄瓜，一连说了两次：拍黄瓜，再来一盘！那天他酒也喝了不少。我也吃了平生最多的一次黄瓜。

你那么爱吃黄瓜？

大明悄悄说：黄瓜解酒。

我第一听到这个说法。

夜很深了，还得回去，来的时候，因为河里水深齐腰，我们四条大汉全部脱得精光过河，被大明戏称为"裸体电影队"。

这几天，热得像火烤一样，黄瓜叶子被晒得焦黄，但仍然有小小的黄瓜躲在叶子里。每次浇水都能听到小黄瓜在愉快地飞舞，像是在暗自狂欢。

清苦"君子菜"

暴晒的季节，有藤的菜非常难熬，苦瓜季节到了，瓜熟蒂落，叶子黄了，藤子渐渐失去了水分。要换茬了。正好遇上前几天通知有台风，为了安全，我们把竹子搭的架子也拆了，地重新翻了土，种下新的品种——花生。

摘下半筐苦瓜，这可不像黄瓜可以当水果，必须炒了吃。炒苦瓜最重要的一点，是要焯水。切成片，在开水里焯下捞起，可以去掉一些苦瓜辛苦的味道，显得更为清爽。炒或者凉拌，都是极好的下饭菜。但苦瓜这道菜，最大的遗憾在于，全家只有我爱吃。我口味重，爱吃这种清香的苦。如果清炒，一定得放些豆瓣酱进去，将苦味和豆瓣的香味调和一下，味道更为醇正。如果苦瓜吃不到一丝苦味，一定失败，谓之"失味"。

最特别的，要数那年去神农架吃的瓦罐炖苦瓜。

那次《车城文化报》(现名《十堰周刊》)的文化版编辑李洪领去神农架约稿，主题是"野人探秘"，顺便看看《黑暗传》的整理者胡崇峻老师，问我：一起去？当然好。

那时胡老师在神农架文化馆工作，住在松柏镇，我们到时，他正在煮东西，他家厨房在客厅最里面，屋里不算光亮，他坐在椅子上，灶门口烧了些柴火，柴火上面吊着一个陶罐，煮了一罐东西，冒着白烟。

见我们来，胡老师给我们搬了椅子，于是坐在门口，倒茶，聊天。他问：你们吃饭没？一起吃点？

我们刚吃过饭才来的，因为我们知道胡老师家人都不在身边，怕给他找麻烦。他自己搬了桌子，放在我们不远处。

再吃一点？边吃边聊？吃点炖的菜？

如果我们不吃，他也不能不管我们自己吃饭，胡老师饿着陪我们似乎不妥。于是我们说，好吧，来半碗。

这半碗很像是东北乱炖，炖的有苦瓜、排骨，还有其他的叫不出名字的东西，大概五六样掺在一起煮得烂熟。

非常香，却吃不出具体的味道，苦瓜的微微的苦味留下了很深的印象。

那天聊得很多，胡老师为了收集《黑暗传》，跑了很多山山水水，记录的一大摞笔记本给我们看，有的字迹已模糊。

这《黑暗传》我们之前是略有了解的，学界那时称之为"中国的《荷马史诗》""汉民族的创世史诗"，我们也想找他探个究竟，到底是个什么好宝贝。胡老师记录的本子里密密麻麻，唱词依稀可见。胡老师说，老担心有天这些本子不见了或者毁了，要是有出版社出书保存，他心里的石头就落地了。

我们觉得这个题材不错，回去后写了《〈黑暗传〉何日现晨曦？》的报道，《中国文化报》《新闻出版报》等报刊发出，随后有出版社跟胡老师沟通，出版了《黑暗传》单行本，我那时已离开十堰到广州，跟胡老师几无联系，胡老师跟洪领通了很多信，还寄了几本样书。洪领给我电话也替他高兴：《黑暗传》书出了。

再一次听到胡老师的消息是不久前，洪领说：胡老师久病在床，今年6月离世。这位被称为"中国荷马"的老人，早年奔波，两任妻子离散，晚年卧床，令人不胜唏嘘。

胡老师曾说苦瓜是他最爱吃的菜之一，晚年还是老炖苦瓜吗？尽管我已经忘记多年前他煮的那罐苦瓜乱炖的香味，只记得那罐烂熟的苦瓜还留着清爽淡淡的苦。

苦瓜这菜最大的特性就是，和其他食物一起混炒不会传递苦味，即使是大锅煮也不掺和，所以有人说苦瓜"有君子之德，有君子之功"，誉之为"君子菜"。我想，喜欢吃苦瓜，最重要的是它独特清爽的苦和回甘，"君子"的说法，大概是人们赋予的美好寓意吧。正如广东人忌讳"苦"，习惯叫凉瓜。不苦的苦瓜，不吃也罢。

下酒第一菜

菜农的儿子，当然要学农耕。这个假期他参加了农耕读经素食夏令营。早上 5:30 起床读《道德经》20 章，吃全素，野外探险，野炊，学抛秧，拔花生。20 多个同学他是唯一没有家长陪读的。问他最大的收获是什么？他说：交了很多朋友，播种的快乐，丰收的喜悦。

"播种的快乐"是一堂课的名字，内容是抛秧，第二季水稻下秧苗；"丰收的喜悦"这节课当然就是拔花生了。

那你是不是吃了很多花生？

都在拔，顾不上吃。阿布说。

我们也种了花生，拆下苦瓜架子之后的空地，播下花生的种子，现在有了芽。

我的印象中，花生一年只有一季，春种秋收。但广东地区的很多农作物是两季，水稻是，花生也是。七八月第一季收割，第二季下种，10 月底又可以收了。

阿布很喜欢吃花生，尤其是油炸花生米。

这油炸花生米，好像人见人爱，颗粒均匀，色泽金黄、里外入味、口感酥脆，更是下酒的好菜。可以说是下酒的最佳伴侣，其重要性和普及率甚至超过了拍黄瓜。不是吗？

刚工作那阵，我和同事住对门。他炒得一手好菜，爱喝点小酒，超级爱吃花生米。因为他菜做得好，我免不了经常蹭他的饭。他想喝酒，就炸了一大盘花生米，拎一瓶二锅头或董酒，说，一起喝两盅！有时也会一边下象棋一边喝，我们棋艺不好，水平都差不多。我酒量不好，就一杯一直陪他喝到底。三五盘棋罢，半天就过去了。

几乎人人都爱吃的花生米，在另一个朋友那里，几乎成了每餐标配。每次去他那，他就拿炸花生米当零食，吃饭必须添加几次才够。因为每次去，他都要自己做大厨，穿上围裙，菜切得砧板咚咚响，说话声音很爽朗，很热闹。当然，菜也做得不错——最重要的是，单身的我们到处蹭饭，做得好不好根本就不是考虑的重点，有肉有酒有得聊，就是快乐的一天。这个朋友诗写得很好，据说一次写给他心仪很久的女孩的一首诗，就是在酒兴大发之后作的，把我们读得热泪盈眶，此诗还获得大赛一等奖，但终于没有感动那女子。他的妻子是另外一个人，这个女孩我曾陪他一起追过很久一段时间。现在想来，都成了趣闻。

更有一次，我们一行三人去看一个朋友，那朋友好酒，非常热情，做了一大桌子好菜，花生米是四个凉菜之一。我盛情难却，一大杯农家米酒下肚，当场昏倒在地。亦是笑谈。

这花生，被誉为"植物肉"，也被称为"素中之荤"。油脂多，所以下酒对胃有滋润作用，加上味道无比的香脆，制作非常简便，在菜农我的定义里，油炸花生米下酒简直是绝配，几乎可以说是"下酒第一菜"。有异议的举手。

小孩子对香、脆的东西没有免疫力，油炸花生米阿布一见就爱。每次一吃就收不住嘴。这也不是坏事。

在年少轻狂的岁月，如果没有几个聊得来的朋友，没有一起嘎嘣嘎嘣嚼过花生米、喝过酒、醉过几次，那样的青春一定少了不少滋味。

这几年我基本上戒了酒。曾有两年我似乎有"酒瘾"，几乎每天晚饭必须喝一点白酒，当然，油炸花生米是必须有的下酒菜，喝一点酒之后，饭量也会增加，能多吃一碗饭。但去年开始，几乎滴酒不沾。油炸花生米就渐行渐远。因为生花生养胃，生吃花生成了最新的选择。

下班一到家，梅果就说：今天买了猪蹄，有美味的猪蹄煲花生哦。这道客家家常菜，已经越来越多地上了我们的餐桌。而花生，也不再是我的下酒菜了。

人间牵挂在菜园

董阿姨说，你们菜种得那么好，什么时候去看看你的菜园？

其实一直想请董阿姨来寒舍坐坐，但总是有点担心，我们自己习惯没有电梯的九楼，但让年过七十的老人爬楼梯上下真是过意不去，虽然董阿姨不介意。

这个周末，我们决定邀请董阿姨来看楼顶的菜园。

认识董阿姨实在太偶然。

那年春天，我的一篇采写湖北郧西湖北口乡民办教师胡安梅和她的学生生活状态的文字《大山深处，那盏不灭的灯火》在《黄金时代》杂志上发表不久，就接到一个来自广东省直女干部董爱华的电话，她说：你是作者，你一定去过湖北口桃源沟小学。我想去看看胡老师和那些孩子们，你带我去一趟吧！

这年9月，52岁的董阿姨从2000千米外的广州来到了鄂西北大山深处的郧西县湖北口乡。她给山里的孩子带来了鞋、衣服、布料和文具，在此之前，她汇了积攒半年的数千元私房钱。

那次正好秋雨绵绵，我们在湖北口乡政府的食堂里，吃了当地的白菜、萝卜、土豆、猪肉和山羊肉，董阿姨盛情难却，总是说：简单些简单些，越简单越好。胡安梅和她的学生，有的连饭都吃不饱，真让人心酸。

让我更意外的是，她又二上湖北口。那次返回广东后，董阿姨四处找朋友筹资，一个多月后，她第二次奔赴湖北口，将筹集来的数万元钱交给胡安梅，说：这些钱，让这里的孩子好好上学吧。

不仅仅是湖北，这么多年来，董阿姨捐资助学 4 万多元，联系热心助学 800 多人次，筹集助学款 20 多万元，经手资助贫困生近 300 人。2006 年，董阿姨当选为首届中国百名优秀母亲。

我真切地感受到：她对穷孩子的关切是发自内心的，从开始到现在，从没有要求回报什么。20 年来，一直如此。

她的生活非常简朴，出门总是首选走路，远了便是巴士或地铁。让我们这些晚辈非常敬佩。

在我们的楼顶菜园，董阿姨说，人活着，健康快乐就好，你们自己种菜，多好啊，有乐趣，又吃得健康。你们真是很会生活，你有福气，客家女子又贤惠又能干，会做菜还会种菜，真不简单。我也想种，阳台种些花草，基本上就没地方了。

夏天的时候，董阿姨在阳台种了几盆秋葵，看着这些苗渐渐长大，开花，结果，董阿姨非常开心，在电话里发出爽朗的笑。

董阿姨知道我们喜欢吃姜，专门给我们带了一瓶她自己泡的糖醋嫩姜。她介绍说买三两斤嫩姜，去皮洗净切片，用盐腌制约 10 小时，倒掉腌出的水分，加白砂糖、食醋，拌均匀装瓶。放冰箱 7 天以后就可以上餐桌，15 天以后更好吃，可以几个月不坏。你们有兴趣试试看。

我们如获至宝。那天晚上，我们专门用董阿姨做的糖醋嫩姜炒牛肉片，成为最抢手最先被吃完的一盘菜。

这个季节的菜园，有些参差不齐，青黄不接，人参菜开了花，老了，可以摘下来吃的嫩叶不多，白菜苗还小，菜心也刚出苗不久，紫贝菜刚摘了一茬，苋菜也结了籽，红薯刚挖，苦麦菜略显老态，不过韭菜一直不断生长可以割。

　　我们想摘些菜给董阿姨带回去，董阿姨坚决不肯要。

　　专门来看菜园，菜园并不是最好的状态，也没有花园那么美，让我们心里感到非常遗憾。

　　在最美的季节，再请董阿姨来参观吧。

　　你跟胡安梅还有联系吗？董阿姨问。

南瓜　种瓜南山下

桃园沟的红薯

董阿姨问到的胡安梅老师，尽管这么多年没有见面，但偶尔会从媒体中得到她的消息。几天前，微信收到一个新的朋友，是胡安梅，很惊喜。

那年的湖北口村探访胡安梅之旅，还有桃园沟的烤红薯的香味扑面而来。

楼顶菜园种的红薯刚刚换了季，全部清空了，我们种的是只长叶子不长红薯的品种，所以红薯叶吃了无数茬，红薯却没有吃到一个，倒是买了一些用来煮粥，这红薯粥在菜农早餐排行榜上稳居前三——要是用桃园沟的红薯，毫无疑问排第一。

1996年国庆期间探访胡安梅可不是件容易的事，路上用了三天，第一天从湖北十堰到郧西县城，第二天从县城坐一天班车到湖北口乡政府，第三天天没亮，分管教育的熊副乡长做向导，翻山越岭，到湖北口乡最偏僻的桃园沟村火地沟教学点，见到年仅22岁的胡安梅老师。

这里没有电，没有公路，一间教室，胡老师的父亲病死在讲台上，她接过教鞭，带着当地两个班的缺衣少食的孩子，坚持上课，不让他们失学。比几年后（1999年）的电影《一个都不能少》的场景更加令人心酸。他们如同大山深处的灯火，很渺小，小到可以忽略，但是，他们生生不息，令人尊敬。让我震撼的，不是贫苦，而是他们的生存方式，他们在延续着深山里微弱的希望……后来，通过这篇《大山深处，那盏不灭的灯火》的报道认识了董阿姨。各类媒体陆续报道，胡安梅和她的孩子们收到全国各地捐款，乡里成立了教育基金。胡老师本人之后这些年也得到了包括"全国十佳优秀教师"、十七大党代表等荣誉。当然，这都是她应得的，什么荣誉都不为过。当时，她作为一名民办教师，最大的希望是村里的孩子们能够上学。

副乡长说当天必须赶回乡政府，吃晚饭太晚无法摸黑出山，赶不了路，胡安梅母亲还是专门杀了只鸡，胡安梅使劲拽着我衣服一定要留吃晚饭，但是没有办法，考虑到出山的安全，晚饭终究来不及吃。看到她家柴火灶里烤着红薯，我说，带个红薯路上吃吧。

对于红薯感情的升华，可能从那天开始，因为，我这么多年吃的所有的红薯，也没有那天日落后啃的烤红薯那么香，那么甜。

回乡政府的路上，翻过了几座山，路过了好几片红薯地，有的已经挖了，有的还绿油油一片。偶尔还在地里看到农家漏掉的红薯，我们顺手捡到，在小溪里洗洗就啃，那个甜啊，终生难忘。

这个味道直到20年后的今天，依然回味无穷。

前不久我们把楼顶菜园种的红薯全部挖了，尽管没有红薯。最常做的是炒红薯叶，加几片薄荷，切成小段的红辣椒，拍碎的蒜瓣，红锅翻炒，几下即可。很少吃青菜的阿布一定会强调：你们不要吃了，给我留些！

叶子之外的红薯梗，梅果择、洗干净后，放醋少许，用开水泡在密封的玻璃罐子里，两三天后开封可食用，清爽，略有酸味，透着红薯特有的香味的泡红薯梗就可以炒着吃了，加牛肉丝更出味，如果再有竹溪的酸辣椒一起炒，这味道，不用多说，加碗饭！

下一季再种，要考虑加个品种，仅仅是叶子不够吃啊，红薯那个粥，那个粥。

菜农的武器

对种菜有兴趣的朋友常常很好奇：你用什么种菜？需要什么工具？

这个问题让我无语。因为对我来说，实在太熟悉了。就像问我拿什么吃饭一样。

不过又一想，我儿时干过农活，但不是每个人都这样长大的啊。这朋友从来没有接触过农活，看的都很少，有疑问不奇怪。

我们种菜，必须让阿布参与，菜农的儿子怎么能不知道怎么种菜呢？不知锄禾日当午采菊东篱下，怎么把酒话桑麻？

我可能简单地理解了种菜的工具，我太浅薄了。其实朋友问得很有道理，因为，在广州的市场上，我根本没有看见小时候用过的种地武器（农具）。比如最常见的锄头（挖地用的铁挖锄）、薅耙（薅草用的铁铲状的耙）。

多年前我还没有菜园的时候，老朋友铁兄搬走时给我留了一小块他种的地（现在小区建成了停车场），到了下种的季节，我需要武器：锄头。

于是到黄埔村去寻找，走了好几家，才勉强找到一个，我印象中，锄头是头窄底宽的（锄地的一头窄一些），但是这里的锄头像扇面一样，着地的一头像扇面散开，怎么使劲？根本挖不深（后来用了才知道，根本不需要挖多深，没那么厚的土）。于是买回，同时捎回一米多长的锄头把装上，背着下楼到地里，果然像模像样。

地上种，可以使劲挖地。但是到了楼顶，没什么土，这把约30厘米宽、40厘米高的扇面锄头基本上发挥不了什么作用。得换武器。

于是去卖农具的地方搜寻，买了比较小的锄头，大概10厘米宽，20多厘米高，木头把也只需50厘米左右就够了。用这个挖土，轻巧。又买了三角形的小铲子，锄草铲土也很合适，移栽小菜苗的时候，小锄头和铲子就发挥了重要作用。栽盆景植物也用得着。

剪菜叶需要工具，一把剪刀足够了。韭菜不需要菜刀割，剪刀咔嚓咔嚓几下就是一把，一盘菜根本用不了多少。

我们摘菜，有一个非常重要的留根原则，生菜、莜麦、莴笋等菜不能连根拔起，只需要层层剥叶子吃就可以了，吃了又可以长，不断生长，不断有新的嫩的可以采摘。而人参菜、南瓜苗掐嫩叶嫩尖吃，不断可以循环。偶尔不小心，动作太大，毁了一株菜，心疼不已。

菜园砌砖头的时候，我们还专门买了砌匠砌墙用的抹泥刀，专门对付不听话的砖头，做出的砖围整齐划一，左邻右舍都夸赞说，菜园好齐整。我倒随意，但梅果是个一丝不苟的人，一点歪斜不能容忍。甚至在最开始的时候，为了美观，还给菜园铺了一层绿色地毯。但是时间一长，尤其是下雨之后，小区有些狗狗并不找合适的地方上厕所，地毯就显得格外不合时宜，只好弃用。

最开始浇水，我们一桶一桶往楼上拎。老友王真有次来，说，我帮你们安水龙头吧，于是在楼顶有了自来水，接水浇菜大大方便了。

最新的蓄水的水缸是年前从芳村拉来的大大的陶罐水缸，浇水的塑料桶坏了好几个，配置了有花洒的铁水桶。或许，可以再安一个自动洒水喷头？不过，在小区暂无先例，无从借鉴。

而火供（灰可作肥料）的铁桶也换了新的铁盖，火钳当然是标配。

不知道我曾用锄头挖地的姿势是否很优美。

最初练高尔夫球时姿势不好掌握。阿布说：挥杆，不就是挖地吗？

还别说，自从有了阿布"挖地"的启示，姿势顺畅自然多了。

挖地可是菜农童子功，熟能生巧举一反三融会贯通嘛。

在最美的季节，再请董阿姨来参观吧

春泥

不种菜的朋友很好奇：你们种菜，哪有那么多土？

这也是我们最初需要解决的首要问题。

自从决定开始在楼顶种菜，那一年很多周末我们就成了"挖土贼"，拿个小锄头、铲子、桶在小区内及周边到处寻找可以取用的泥土。铺好的草皮草坪我们当然不能动。还好，几年前小区的一块空地上有个菜园（现在已成为停车场），有熟悉菜园主人的朋友便告知：我们要挖一些土用。朋友说：需要多少尽管取用。于是我们一桶桶拎回去。但必须适可而止，几桶之后，朋友的地明显缺了一块，再取不合适。

跟很多人一样，开始种菜，最初用的是泡沫箱。到处收集，于是楼顶整齐地放置了十几个。这些挖回的土填泡沫塑料箱勉强够用。

一茬之后，我们开始嫌弃泡沫箱了，不美观，不方便，泡沫不环保，总之，不满意。我们需要菜园，整齐的菜园。梅果说：得买砖头，你负责搬，我负责砌。

砖够了，某个周末，好友也来帮忙当砌匠。我毛糙的手艺遭到梅果鄙视，她亲自动手，将砖码得整整齐齐。她还早做了规划，分成 4 块，每块面积不等，错落有致，每块种什么，也大体有了蓝图。

砖头砌好了地，泡沫箱就废弃了，把土倒在砌好的地里，没想到，十几泡沫箱的土，连一小块地也装不满，只有薄薄的三四厘米的土。泥土再次告急。

住在芳村花卉博览园的外甥女说，这里有泥炭土，东北来的，要不拉一些来？当然好，于是他们运了十几包泥炭土来。几人扛上楼顶，又是几身大汗。

再抽周末的空，开始铺土。东北来的土果然好，保湿，有充足的植物需要的养分，种菜再好不过了。

种菜，土总是嫌少，尤其是土豆，我们种的第一季，土只有五六厘米厚，稍微长大一点就暴露出来了。

偶尔的火供，烧完的灰是很好的肥料，能补充少许的土。

在最缺土的时候，我们甚至用报纸当土，平时订了一些报纸，旧报纸非常多，报纸融化了不也可以成为土了吗？将一些报纸铺在最下面，上面放土。但自己也感到可笑。铺了一两次，没有再这样"哄菜"了。

小区的园丁常会修剪树木的枝叶，秋冬季的小区落叶满地，园丁天天打扫。一麻袋一麻袋地装着拉往垃圾场。

落叶不是很好的肥料？梅果说，我们正好缺土，不如将这些落叶搬回去用？

找到小区的园丁老两口，园丁说，如果需要，我们把收拾好的落叶放在你们楼下，你们需要就用吧。

在落叶纷飞的季节，只要他们清扫落叶，我家楼下就会放一两大袋。我每天背上楼顶。梅果就会抽空将这些落叶放在菜园最下面一层，再盖一层土，上面再播种。一茬过后，落叶已经全部变成了泥土，很松软，养分也很充足。

第三辑　　一生的花朵

上个世纪 80 年代，哥哥 20 出头，正值风华正茂的年纪，
有情趣，有点文青气质，爱看书、看电影、谈论文学和艺术。

我有几盆花，只是顺手栽上，没有特别的爱好

一生的花朵

楼顶的菜园洒着阳光，梅果种的几株水仙花也出新芽了。

我不知道清人李渔跟水仙花有着怎样的生命际遇，他说，"水仙一花，予之命也。宁短一岁之寿，勿减一岁之花。且予自他乡冒雪而归，就水仙也。不看水仙，是何异于不反金陵，仍在他乡卒岁乎？"

我有几盆花，只是顺手栽上，没有特别的爱好。只有一种花，每到冬季，家里必须有的，那就是水仙。

我对水仙无可救药的好感，源自多年前，我上学，跟哥哥在一起的时候。

20世纪80年代，哥哥20出头，正值风华正茂的年纪，有情趣，有点文青气质，爱看书、看电影、谈论文学和艺术。还住单身宿舍的时候，出差总喜欢买些小雕塑如老鹰什么的回来。合适的季节，会弄一盆大蒜一样的东西，放在有水的盘子里。

那就叫水仙，过些日子会开白色的黄色的小花朵。当然，算不上特别的美。但却给屋子带来很多生机。关键是，好养，不麻烦，有点水，有点阳光，有点空气就行。

哥哥那时有三个极要好的朋友，大家都在县政府食堂吃饭。一个是喜欢下围棋的长发哥哥，一个是爱吹笛子的小个子哥哥，一个是当时县里有名的笔杆子，作家哥哥。我小哥哥11岁，在他们眼里，我是哥哥的"跟屁虫"。

围棋哥哥是设计院的设计师，长发披肩，喇叭裤，花衬衣，小胡子。这种装束，在现在的街上几乎没人注意你，太普通了。但在20世纪80年代，却是最潮最IN的衣着。

他住在我们的斜对面。

晚饭一罢，他就在他20平方米的小屋里摆开战场。

呼叫哥哥：来，来，下一盘！

于是哥哥和他天昏地暗地战斗。

这个衣着新潮的哥哥不怎么跟人往来，他不想见的人，绝对不会迎合，定力之强悍，无人能及。令我吃惊的是一次一个熟人叫他出去玩，敲了他一个小时门，他都不开也不出声。

我知道他在。因为等那个人走后，他许久才从屋里出来，看见斜对面的惊诧的我，冲着我做了个鬼脸。

那个会吹笛子的哥哥，也爱留长发，他的头发，最长的时候，把耳朵盖住了。但一盖住，免不了被他父亲强制性剪掉。他自然拗不过父亲。于是他再留，如此反复，一年中，偶尔长发，偶尔短发。

他吹笛子是自学的。住在我们斜对面的木楼二楼上，每次上楼走得很重，木楼咚唂咚唂响。傍晚时，就拿出笛子来吹。《在那遥远的地方》是他吹得最多的曲子。

笛子哥哥很喜欢跟我们聊天。聊得最多的自然是相亲。

他说，有次去女朋友家里，丈母娘很热情，小姨子也有好几个，吃饭劝他喝酒，于是畅饮。因为太晚，就住在女朋友家。

在我少年时印象里，这个笛子哥胆子太大了。而更令我不解的是，她说的这个女朋友，后来并没有成为她媳妇。

作家哥哥是他们几个里唯一一个大学生，那时的大学生比现在的海归博士还吃香。在全国很多大刊物发过作品的作家哥哥，这样的才子在县里找不出几个。

我和哥哥住的这间20多平方米的小屋，是个里外间，外面的茶几上，一到冬季，哥哥乘出差的机会从外面带回几瓣水仙，用白色的盘子盛点水，水仙一开，在冬日的阳光下发出低调的清香。

而这些哥哥们，有一次居然会你要一两瓣，他要一两瓣，将这一盘水仙瓜分得很是孤单。

那些年，水仙便成了冬季里唯一的花朵。

之后，上大学，工作，关于水仙，时隐时现。

直到多年之后的广州，我第一次逛花市，看到一盆盆水仙花的时候，我的内心仿佛被撞击了一般。水仙！这是整个少年时代，关于花的印象里，唯一的花朵。

我说：我要买水仙。

女友十分诧异：你喜欢水仙？没听说你喜欢花。

不，我喜欢水仙。

每年过年前，梅果都会带一盆水仙回来。

她知道，在所有的花里，水仙是我唯一想要的花朵。

我也知道，哥哥的客厅里，一定有一盆水仙花，正在安静地开放。

菜农影事

夜晚浇菜，阿布是个小帮手，打小手电筒，或者拿钥匙、拎水什么的。更多的时候，他是个配音演员：

"我是火爆辣椒，砰！"给辣椒浇水的时候，阿布应景发声。

"我是土豆雷，不要碰我！"浇土豆，他会这样呼喊。

"茄子呢？"我问。

"《植物大战僵尸》里没有茄子！"阿布说，"不过，可以给它取个名字'茄子投手'。对了，火星上真的可以种土豆吗？"这是我们看过的电影《火星救援》里的情节，他最大的疑问是："没有土，也可以种土豆？我们要不要试试？"

我无法给他满意的答案，没土种菜的高科技我玩不转。

好在他的兴趣永远是：我陪你浇菜，你什么时候再陪我去看电影？

当然，这不是交换，看电影大概是我们爷俩契合度最高的爱好了。往往我们一连看两场。他陪我看场我选的，我陪他看动画片。往往新电影一上映，我们几天内就全部看完了。动画里确实有很好的电影，比如《冰雪奇缘》《疯狂动物城》，他会随剧情哈哈大笑，也会掉眼泪。沉闷的大人电影，他会要求提前退场。很多电影太令人失望了，常常早退。

阿布爱看电影，大概是我的基因。我爱看电影，大多跟哥哥有关。

哥哥是很爱看电影的。小时候我们常去的是西关老街露天电影院。

我实在不知道，我小时去的竹溪西关老街，居然有500多年的历史。老西关的街面系鹅卵石铺就，街道很窄，依山傍河蜿蜒而建，显得巷子很深。沿着鹅卵石铺就的小路，长街一眼望不到头。每走一段，便展现出不同的风景。民居是白墙灰瓦檩椽的建筑，一般三间一户，临街全为通体木质结构，六尺左右横架一梁，梁下为通体活动铺板，梁上也以木板为墙，左右开窗，与梁下铺板浑然一体。

那露天电影院，就在西关老街的小巷深处。

从我们住的十字街的小楼出发，沿西关老街走过数百米，再右拐行数十米，进大门，便豁然开朗，是一个大场子，一排排水泥座位，前面立着一个巨大的石灰墙——这是放电影用的银幕。这个露天电影院可以容纳数百人。

那时的电影票大约1毛左右，最好的片子1毛2、1毛5，再后来是2毛。又过几年，录像厅一统天下，电影已经没有什么力气了。

那时看到的电影，是《大桥下面》《赤橙黄绿青蓝紫》等等，这些电影给我留下了深刻印象。直到多年后再看电视《大宅门》，才猛然想起陈宝国其实就是《赤橙黄绿青蓝紫》里的那个"喇叭裤"，几十年的老戏骨了。《大桥下面》的龚雪嫁到国外了，里面的那个"自行车男"就是现在的"皇阿玛"张铁林。

和中国所有地方一样，那个露天电影院很快就被拆了。当然，县城里还有一个电影院，是室内的，我们偶尔也会在这里看上一场电影。印象最深的，是第一次看立体电影，发眼镜看《小小得月楼》，里面有个飞盘子的场面，似乎要把盘子飞到我面前砸到我的头，片场许多人惊叫。再次发眼镜看电影，始于《阿凡达》。现在的3D技术已经炉火纯青了，李安的《少年派的奇幻漂流》算是3D电影里的经典之作。

后来这个电影院也被拆了，盖起了住宅楼。现在的县城里好像没有像样的电影院了。现在的西关老街，正在改造建成新的明清仿古街。

儿子阿布看电影泪点和笑点都很低，也拉低了我的笑点，于是爷儿俩常常傻乐。

楼顶菜园浇菜拔草播种，他常常会说：我给你讲个笑话吧。

我当然要哈哈大笑，以示鼓励，哪怕这个段子是他刚看完的电影的情节，然后说：要不你编一个跟折耳根有关的笑话？我本来是想让他编个新的，仔细一想，"折耳根"居然也是一部喜剧电影里的人名。阿布一听就乐了。

阿布对关于动物的电影电视、纪录片和书籍近乎痴迷。他说想当个动物解说员或者饲养员。我说："多好啊，以后你养动物，我种菜，我们开个农场好了。"

菜园春联

旧历的年底毕竟最像年底，连楼顶的菜园也显出即将过年的气象来。

俗话说，腊八一过就是年，而小年一过，意味着新年倒计时。过小年，北方一般在腊月二十三，南方一般是腊月二十四。这之后的几天，基本上就是紧锣密鼓的过年筹备，民间谚语称："腊月二十五，推磨做豆腐。腊月二十六，杀猪割年肉。腊月二十七，宰鸡赶大集。腊月二十八，打糕蒸馍贴花花。"今年腊月二十九，就是除夕了。

这个腊月，据说是广州十年来最冷的时候，楼顶的菜园倒显得格外精神，长青的韭菜、折耳根、红薯叶，还有这个冬季的葱、莜麦菜、生菜，隔壁家的大芥菜、菜心、白菜也长得很欢。全国很多地方都一片冰天雪地，广州阳光灿烂，万物葱翠，毫无肃杀萧条之气。绿色满园的楼顶，足够这个春节的蔬菜供应了。

今年我们决定在广州过年，过年期间的广州，最有特色的，自然是逛花市。一年一度的广州迎春花市如约而至，11 个区设了 3300 多个花档。腊月下旬（1 月底）就开始了，而系列节庆活动则要持续到正月十五（2 月 22 日），"花城"广州，花团锦簇，一派喜气。

除旧迎新，各地都有不同的风俗，有一点是所有地方都一样的，就是贴对联。

关于春节，一定得和对联有关。而写对联，自然成为过春节前最有趣最重要的事情。少年时代，年前最期待的，自然是帮助哥哥写对联，一般在除夕的前一两晚，我们会找一间有炉火的屋子，大多时候是在我家屋前住的姨家，姨是我母亲的姐姐，我伯父是姨父，善良的姨对我们比母亲还好，因为母亲会对我们发脾气，姨不会。姨家的炉火很暖，我们备好桌椅、毛笔、墨汁、红纸、砚台，还要备一个农历本，上面会有很多现成的对联供挑选使用，上大学之前，我一般给哥哥倒墨，将叠红纸裁成20厘米宽的长条，按对联的字数将红纸叠成五至十余字的格子条幅，哥哥写一个字我在前面拉一个字，写完我就把对联放到空地上晾干。

随着年龄的增长，我在写对联中的作用日益增加，尤其是上大学之后的20世纪90年代，再写对联，我也可以拿毛笔挥毫了。尽管我学的中文系，也练过毛笔字，但是字写得很一般，这是多么遗憾的事。

字虽然一般，但我们无所谓，自己用可以将就。当然，最大的乐趣不是写，而是自己编对联了。

农历本上抄来的对联，如"爆竹一声辞旧岁，桃符万朵迎新春""天增岁月人增寿，春满乾坤福满门""门对东西南北财，户纳春夏秋冬福""迎春迎喜迎富贵，接财接福接平安"一类的对联已经不再适合我们的胃口，决定自己来，我们也不讲究平仄对仗（我们这点墨水也很难讲究得起啊），我们只要求字数对称，意思吉祥有趣好玩即可。常常会把人名凑成对联，我们要写三四家的，20多道门得写20多副，现写现编实在也想不出太好的句子，实在编不下去了，就把人名写上，末尾还加上"啊"凑热闹，常常编得自己看了都好笑，自问：这么不严肃，合适吗？一笑而过。每年必贴在侧门外的一副对联，是李白的诗句："仰天大笑出门去，我辈岂是蓬蒿人"，还有就是自撰的贴在卧室门的："享宁静红叶煮酒千杯少，乐淡泊青崖戏鹿万年长"。只要写，这两副是必有的。

这么多年来，老院子变化实在太大了。20 年前 1995 年，我回到湖北老家过年，见到的景象，喜悦而昂扬。冯家老院，那个时候有 20 多户。大院子团年是很热闹的，且不说贴对联、放鞭炮，只团年饭，我们就要吃好几家，到处走一遍。到了 2015 年的春节，院子只剩下 3 户，大多搬到了外省、县城。曾经熟悉的路，到处都是荒草。

2000 年之后，我们大多在县城里团年，也是几家人轮流转，除夕团年中午一家，晚上一家，初一一家，初二一家，三四家一起过，打牌、喝酒，忙得不亦乐乎。

在广州过年，或逛公园，或爬山，吃饭倒成了一件最可以忽略的事情。

楼顶的蔬菜，就是我们今年最特别的新鲜"年味"。

我得给自己家写个对联，琢磨了很久，还是以菜园为主题，这是菜农本色。

上联：楼顶不大可园可家可天下

下联：菜农寻常识风识雨识春秋

横批：自种其乐

遗憾的是，没有跟哥哥在一起，不然，我们又可以一起写对联了。十多年没写了。

自制年味

过年，当然得有"年味"。

在 8 岁的儿子阿布记忆中"年味"是怎样的呢？客家酿豆腐、红烧肉、冯府葱油鸡？也许还有菜农的土豆片？还是全球独家自产水煮青菜？

在广州这个几十年来最寒冷多雨的冬季，加上我们基本没有使用肥料，楼顶菜园，莜麦菜、生菜、韭菜等长势不紧不慢，自种蔬菜是这每顿必不可少的味道。

"年味"是什么呢？是童年的味道，是故乡的味道，是母亲年夜饭的味道。我的"年味"，怎么能没有酸辣子、酸豇豆呢？

我武断地认为，老家鄂西北竹溪之"酸辣"，大概是所有竹溪人最熟悉、最喜欢、最怀念的味道。走遍天下，也吃不出那么酸爽可口的酸辣口味。

这独特的酸辣口味，来自鄂西北山区的好山好水纯天然食材，更来自独门的手艺。我的童年记忆里，母亲泡酸菜从来都是仔细且认真的：井水洗手好几遍；选新鲜、无损、成熟的"中年"辣椒（不能太嫩，嫩容易坏且不够味，也不能太老，太老味过了），清洗干净，晾干，放入干净干燥的盆里，适量加盐（放盐也很讲究，少了容易坏，多了太咸很难做菜）；将盐拌好的青椒，放入坛子中，用清冽井水浸泡，水量刚盖过辣椒为适量，得有老酸水作引子；最后盖上坛盖，坛盖的水檐加上水，水以略浅于坛檐为适量，起密封作用，两三天换檐水一次；三四周之后，酸辣椒就可以吃了。泡好的酸辣椒，其色略黄，质地脆，入口爽，酸辣，生津开胃。酸豇豆的做法一样，而大多是坛子里辣椒和豇豆都有的。几乎所有的菜，都可以这么泡，酸白菜、酸韭菜、酸萝卜，还有酸柿子等等，基本上，在竹溪的味道里，酸辣常常不分家。酸辣豇豆牛肉片（瘦肉片）、酸辣土鸡块是百吃不厌的，尤其是那酸辣汁，拌米饭或者用来吃白水面条，可以多吃一碗，味道真是天下一绝，这绝非过誉之词。

老家这个酸味之特别，之美味，是无法用语言表述的。现在有个很有名的广告，"老坛酸菜"什么什么的，味道当然也不错，如果跟老家酸辣的酸味比起来，大概不仅仅差了故乡的距离。"那酸爽！"可是一生难忘的。

堂姐在广州住了几年，也自制了酸菜，甚至从竹溪老家带来了"酸水母子"，一样的做法，但是，依然缺了老家那个味，原因很简单，从原材料，到水，到气温，都天壤之别。

梅果知道我爱吃酸辣，买了坛子，自制了泡菜。辣椒、豇豆洗净，晾干，加盐，不加水密封，夏秋时节一两天即可食用，冬季三四天。味道，当然也酸，也辣，炒肉片、肉末，配米饭、面条都是极好的调味菜品，但是，跟老家的那个酸辣之味，还是两回事。

其实我的口味，这些年是有很大变化的，刚来广州的前两三年几乎"无辣不欢，无酸不味"，后来口味渐渐放开，各类菜品都尝。吃广州菜、客家菜渐多，广州菜注重原汁原味，"白灼"是我理解的广州菜的精髓，我爱上广州菜就是从白灼虾、白灼青菜开始的。

　　客家菜的"酿"是我理解的精髓。我最爱的客家菜是"葱油鸡"，泉水煮走地鸡，切块，配小葱，自榨天然油，盐。这是我的客家"年味"排行榜稳居第一。原来这是客家招牌菜之一。还有客家酿豆腐和红烧肉。这当然是过年必不可少的当家菜品。这也是梅果的拿手菜之一，而她做的秘制蜂蜜鸭，焖鸭肉加蜂蜜，焖熟之后，鸭肉呈黄褐色，蜂蜜的花香渗入鸭肉，沁人心脾，一年大概能吃一两顿。只有在过年的时候才有机会品尝。

　　我现在已经不再执着于酸辣的口味，很大的原因，可能是源于种菜。新鲜蔬菜的原味已经完全占据了上风，如果每顿不来点炒青菜或者白灼青菜，会有某种失落感。

　　人，总会有所改变，正如我之前"无肉不欢"变成"无菜（特指青菜）不欢"一样。

　　关于阿布，我曾经很执着于他到底是十堰人、河源人还是广州人，这些都不重要了，重要的，是生活本身，是快乐本身。如同阿布的年味，竹溪味，客家味，对于他，并不更要，只要快乐就够了。也许多年之后，他记忆中的"年味"，偶尔会想到一盘水煮青菜，想到和妈妈去楼顶摘菜，满眼的阳光灿烂，也是那么欢乐和难忘。

重要的，是生活本身，是快乐本身

蘸碗底儿

让菜农嘚瑟的是，我就做那么几道菜，居然牢牢占据阿布美味排行榜前列。炒土豆片自不必说，阿布自己已经学会且抢占了第一的位置。

第二呢？是蒸鸡蛋。因为我们经常吃素，鸡蛋便成了最常见的食材。蒸鸡蛋自然成了我们餐桌最常见的主菜。

蒸鸡蛋制作非常简单。一家三口吃饭，两个鸡蛋足够，要想蒸得好，最重要的是要将鸡蛋充分搅拌，搅多久合适？越久越好，让鸡蛋清、蛋黄、水充分地交融，如果不用自来水，用纯净水、矿泉水更好，搅拌的方向一致（顺时针），我长期摸索的结果是，搅 100～150 圈为宜，只放油、盐、水，不宜再添加任何佐料，有说加味精鸡精酱油的，真不知道最后成了什么味？我们对鸡精味精有着后天的反感。中火蒸 5～8 分钟，水分蒸干即可，如果蒸起了泡泡，就蒸老了。

火候刚好的鸡蛋羹，滑、嫩、鲜、香、爽口，入口即化。用来拌米饭，真是最好的伴侣。

蒸鸡蛋真是即省事又快速、美味且下饭的好菜。

我的蒸鸡蛋手艺，是小时候看母亲制作耳濡目染学会的。我像阿布这么大的时候，并非丰衣足食的年代，有吃的但缺好吃的，尤其缺肉吃，鸡蛋大概一周只可以吃一顿，当然，主要是蒸鸡蛋，（蒸可能还有一个原因：蒸出的鸡蛋羹分量比炒鸡蛋大多了，两个鸡蛋可以蒸一大碗，炒出来可能只有半碗），蒸一大碗鸡蛋羹，吃饭时母亲每人分一两勺，剩余的碗底子——那可是残留鸡蛋羹最多的——成了我们几个姐弟最眼馋的，但姐姐们多数时候眼睁睁地看着这还剩不少鸡蛋羹的碗底子被母亲交给了我，我拿饭来"蘸碗底儿"，这特殊的待遇只有在姐姐们生日的时候她们才会享受，而其他的时间，鸡蛋羹大多被年纪最小的我"蘸"了。

现在，蘸碗底儿的传统也成了我们吃蒸鸡蛋的保留项目。

阿布一般会说：你们快舀几勺，剩余的我来——意思是，我要蘸碗底。

每每这时，阿布能干掉满满一大碗，半碗米饭"蘸"半碗鸡蛋羹。

在最忙的季节，一周的时间，我早餐多数的时候就用两个鸡蛋蒸蛋羹吃，即美味又可以吃饱，还养胃，可以保证一天的营养，更节约时间，起床便蒸，10分钟以内可以吃到嘴。

当然，鸡蛋，一定要是土鸡蛋，真正的走地鸡下的。如果是饲料鸡，连吃两次之后就腻了。什么区别？您尝尝就知道了。

蒸鸡蛋还可以适当放一些切成小段的韭菜，记得母亲会在快蒸熟时放进去，蒸好后韭菜自然浮在最上面，吃的时候，鸡蛋和韭菜可以分开，但韭菜鸡蛋的天然融合的味道，是最佳搭配，我很喜欢，但阿布说吃鸡蛋不吃韭菜，于是放弃了加韭菜的做法。

我偶尔也会到楼顶去摘点葱，切成葱花，在鸡蛋羹熟的时候放进去，再盖上盖子蒸一小会儿（大概不到1分钟），起锅，阿布不吃，我将葱花选给自己了。

　　我们曾试着蒸更多的花样鸡蛋羹，比如加香菇，加肉末，加椰奶，加牛奶，甚至有次加了土豆泥。

　　当然，味道都很好。不过，最下饭的，还是什么都不加。

　　而这蘸碗底的待遇，阿布有着毫无争议的优势。

腊八十谷粥

1月5日，阿布起床时问我：查查多少度，我要穿什么衣服？这是很多时候，他起床都会问的问题。

一查，今天气温要到25℃，日历显示，今日小寒，而且是腊八节。

腊八？在我的印象里，已经是很冷的季节，但这几天好像越来越热，怎么越来越像夏天？

今天腊八哦，晚上给你煮粥，你想怎么吃？

我要吃南瓜粥！阿布说，我们种的南瓜还没吃呢。

说真的，我从来没有觉得腊八是个节日。只有在很小的时候，有印象，母亲一定会煮腊八粥。电话里，二姐介绍说，煮腊八粥大概会加：大米、黄豆、红小豆、绿豆、玉米、萝卜丁、花生、猪肉（切成小坨坨），再加盐，熬成粥即可。当然，如果有糯米、薏米、黑米、红薯、小麦、莲子、红枣都可以放，任选八样。

那时候，我吃腊八粥一定会挑肉吃，至于里面配了其他什么料，真的不记得了。

儿时，晚饭吃过腊八粥，我们姐弟四五人一定会去给屋子周边的树喂"腊八儿"（腊八粥的鄂西北方言叫法），就是给树用刀子砍一些豁口，然后给树喂一小勺吃剩的或专门留的粥。在喂的时候还要说："今年喂腊八儿，明年繁抓抓儿。"算是对树结果实的祝福语吧。

我们都喜欢抢着拿刀剁树，给树留下刀口伤疤，这个日子是唯一合情合理不会被骂的。要在平时给树一砍刀，一定会被大人们劈头盖脸地责骂，因为乱剁不爱护树木是个巨大的错误。

究竟为什么要给树喂粥？二姐的解释是，大概是在冬天给树排水的一种方式，尤其是果树，排点水第二年结的果更多，至于怎么流传了这个习俗，什么时候传下来的，她也不知道说不清。二姐说，有好多年没有给树喂过"腊八儿"了。已经搬出老院子老屋好多年了。不知道还在老院子的大姐还会用这个方式给树排水吗？

每逢佳节必吃素。

等我回到家，梅果已经煮好了腊八粥——准确地说，是有机十谷素食营养粥，是用有机糙米、有机小米、有机荞麦、有机燕麦米、红小豆、黑豆、黑糯米、薏仁米、芡实及莲子煮成，另外，应阿布的强烈要求，加了南瓜。不用加油盐。除了香味，还有南瓜的甜味。

这南瓜，居然是阿布最爱吃的菜排行前三的。虽然我们种南瓜，花和叶子早被我们吃得七零八落，但我们种的南瓜，还是顽强地成熟了一个，大约有两公斤重。摘了一直放在家里，还没有开吃。今日的南瓜居然成了腊八粥的主味材料。

据说我国喝腊八粥的历史，已有一千多年。有说最早开始于宋代。每逢腊八这一天，不论是朝廷、官府、寺院还是黎民百姓家都要做腊八粥。到了清朝，喝腊八粥的风俗更是盛行。在宫廷，皇帝、皇后、皇子等都要向文武大臣、侍从宫女赐腊八粥。在民间，家家户户也要做腊八粥。中国各地腊八粥的花样，争奇竞巧，品种繁多。掺在白米中的食物非常多，白果、菱角、玫瑰、红豆、花生、红枣、莲子、核桃、栗子、杏仁、松仁、桂圆、榛子、葡萄……数十种可以选择搭配。

　　至于吃粥，广东地区可能是中国最会做粥的地区：皮蛋瘦肉粥、状元及第粥、艇仔粥、生滚田鸡粥、田螺芋头粥、生菜鲮鱼球粥、柴鱼花生粥、鱼片粥等等，潮汕的砂锅粥也独步天下。

　　不过，就个人经历来说，腊八好像已经不再像个节日。腊八粥，八样还是几样，已经不再重要。比如我们，准确地说，用了十一种原料，不关"八"什么事。

　　需要强调的是，我们种的有机南瓜，味道真的很好啊。

醉腐乳

从鄂西北老家回来，总得带点什么。太多选择，真不知道带什么好，这个时候，必须懂得放弃，不然带来也吃不完，浪费了。但，豆腐乳是必带不可的。

不敢说吃遍了全世界的豆腐乳，但就我吃过的中国及东南亚的豆腐乳来说，最好吃的还是湖北竹溪我老家的自制豆腐乳。这跟我童年的味觉记忆固然有一点联系，但是，没有这个味觉记忆的不是老乡的朋友，吃过竹溪腐乳之后，也有同感，说，这是他们吃过的最好吃的豆腐乳。所以，经常有人问我：你家还有豆腐乳吗，来一点？——当然特指的是老家竹溪的农家豆腐乳，不是超市随处可见的豆腐乳。

小时候，我见过母亲做豆腐乳，但印象已非常模糊，母亲现在快80岁了，没有足够的体力打豆腐制作豆腐乳了。倒是大姐夫，每年都会做一些。腊月里，大姐夫将打好的豆腐，选一些比较"老"的豆腐，切成寸方小块，在簸箩里垫上干净的稻草，将一小块一小块的豆腐放在上面发霉，过三五天或者更久，等到它上面长了绒绒的白毛，那就算霉好了。然后蘸佐料，佐料一般是辣子面、花椒粉、五香粉、盐等，每块豆腐都蘸满。然后用一个瓦罐坛子密封。数月后开坛，香气四溢，即可食用。

竹溪好山好泉好黄豆，这样制作出坛的豆腐乳，味道已属上乘。

但是，如果再在密封前加香油多勺，加高度白酒数两，（量以坛子大小为准，腐乳装九成，香油和白酒填空，直到满坛顶为止），然后将坛子密封，放三月之后，再开封。这时候，开封的秘制腐乳，酒香，油香，霉豆腐本身的香，佐料的香味，完全融合在一起，简直可以说是满屋飘香，沁人心脾，闻之即醉，唾液满嘴，渴望加饭，立刻到嘴。

而这个时候，如果闻到酒味，就算是失败了，所以至少需要密封三个月，甚至半年，不然，酒香盖过豆腐乳，就喧宾夺主了。就像炒菜时用酒焖鸡，酒味完全融入鸡肉味才算焖好了，如果吃起来一股酒味，真是大煞风味。

我之所以这么强调没有酒味，是因为，我几年前保存过一坛香油白酒泡腐乳，半年开封，味道之香醇惊到我了。我称之"醉腐乳"，有个朋友强制性剜走一小瓶，只好忍痛割爱，忍痛啊！

这豆腐乳居然已有一千多年的历史了，早在公元 5 世纪，北魏时期的古书上就有"干豆腐加盐成熟后为腐乳"之说。在《本草纲目拾遗》中记述："豆腐又名菽乳，以豆腐腌过酒糟或酱制者，味咸甘心。"宋人周紫芝《竹坡诗话》说，苏东坡最喜欢吃猪肉，他在被发配的黄州时亲自动手炖肉，炖肉时先把带皮的五花猪肉切成方块，文火煮半日多，加豆腐乳和香料，吃起来肥而不腻。清代袁枚居然也把这块小小的豆腐乳收进了《随园食单》。而著名的绍兴腐乳在四百多年前的明朝嘉靖年间就已经远销东南亚各国。鄂渝陕三省交界的竹溪县，西周时属古庸国，明成化十二年（1476 年）定名"竹溪县"，其腐乳工艺什么时候开始传承，暂无看到相关史料。绍兴腐乳当然好，但如果让我选择，我首选竹溪自制"醉腐乳"。

其实，我的口味已经慢慢有了改变，吃腐乳的量越来越小了，但对腐乳的喜爱却并没有减弱，偶尔一碗白米饭就着一点腐乳，不用菜就能吃到饱。

今年我必须再秘制一瓶。

半年后，我的秘制"醉腐乳"才会开坛。口水要忍这么久，真是太残忍了。

懒豆腐·酿豆腐

如果说腊八是提醒过年，农历小年一过，算是新年进入倒计时，正式拉开了辞旧迎新的序幕。

刚下了雨，虽然气温下降了一些，但比起北方来，广州还算不上寒冷。菜园郁郁葱葱，好像焕然一新，显出过年的气象来。韭菜、葱，长得兴奋，紫贝菜不断长出新的芽叶，莜麦菜、生菜开始拥挤撒欢了，香菜，已经忍不住开始诱惑味蕾了。

安顿了菜园之后，我和阿布先回到老家，鄂西北竹溪正值寒冬。小县城里车水马龙，年前的集市最为火爆，青菜居然十几二十元一斤。"有钱不买腊月货"。而在乡下，临近过年，更多的家庭爱自己"打豆腐"（制作黄豆豆腐），大姐夫更是"打豆腐"的好手。

有一种饭只有在"打豆腐"的时候才能吃到，一年难得吃一次，我近十年也只吃过两次，这就是"懒豆腐"，真是有口福。

"懒豆腐"，在湖北许多地区都这么叫，吃法也基本相同，在做豆腐过程中，将黄豆和水用石磨推磨成浆，之后不用包袱布过滤豆渣，直接放入锅中，加入白菜菜叶（不是菜帮子）或其他青菜叶子、油、盐佐料等，有的还放一点花椒，用火煮，在煮的过程中，千万不要胡搅，最好不怎么动锅，直到煮熟，就可以吃了。吃的时候加点辣子汤，或者加点香菜末。可能是过于简便容易制作，说白了，就是煮黄豆浆的粥，能吃出鲜豆腐的味道，所以叫"懒豆腐"，因为和豆渣一起煮，也叫"合渣"。

这不得不让我想到广东客家的"酿豆腐"。跟"懒豆腐"比较起来，"酿豆腐"简直可以称得上制作精细的"勤快豆腐"。

酿豆腐是客家人最家常最有名的菜品之一，梅果是客家人，她会制作酿豆腐，而且味道不错。在我看来，酿豆腐制作非常烦琐，首先得剁肉酱（类似于包饺子剁馅，据说酿豆腐真的与北方的饺子有关，客家人从北方南下，南方小麦少，于是创造性地发明了豆腐包馅，即酿豆腐），将油炸豆腐或白豆腐（豆腐要老，嫩豆腐容易碎）切成小块，在每小块豆腐中央挖一个小孔，用肉、香菇、胡椒、鸡蛋、葱末、酱油等做好的馅填补进去，然后用锅小火长时间煮，也可以蒸、煎、焖，熟了之后，外黄内白又有馅。第一次吃客家菜，我观摩了整个过程，对这种很精细的手工制作印象深刻。当然，味道就不描述了，我没词了。多次吃过之后，就深深地爱上这道菜，还吃出了心得：这道菜，最难把握的，大概是油，油多了会腻，总结一点：酿豆腐放油，宜少不宜多。但不主张做——因为要花太多时间，而且，吃豆腐，还有很多简便实用的吃法，比如烧豆腐、煎豆腐、麻婆豆腐。吃肉，再炒个肉片嘛。我不会制作，所以完全忽视了制作酿豆腐的乐趣，这大概类似北方人包饺子的乐趣，南方人，客家人，几乎不包饺子，但酿豆腐常吃。

跟"酿豆腐"比起来，"懒豆腐"真的太"懒"了。味道怎么比？"酿豆腐"是菜，是大菜，是氛围；"懒豆腐"是饭，是粥，是主食。菜和饭比味道，根本没有可比性啊。

我煎豆腐有心得，但很难学会制作"酿豆腐"，不过，"懒豆腐"还是可以试试的。楼顶鲜香无敌的香菜，自制无敌辣椒酱，正等着下饭呢。

冬笋　白玉片片慰人肠

千里竹萌味更真

前几日去朋友家吃饭，我说，需要带点青菜不？他说，也行，不过我有更好的东西，你种不出来的。

朋友确实有"好东西"，是"尝鲜无不道春笋"的"笋"啊，"雨水"刚过不久，难得。

用来炒腊肉，纯天然的熏制腊肉，都切成薄片，爆炒，加蒜苗、干辣椒丝。笋鲜嫩爽口，腊肉香醇。我必须多加一碗饭，以示赞赏。

这笋可不一般，《诗经》有云："其蔌维何，维笋及蒲。"吃笋的历史已有三千多年。春笋以肉质鲜嫩、味道清新、煮不变色、食之不腻等特点而被称为"素食第一品"。据说唐太宗很喜欢吃笋，每逢春季总要召集群臣吃笋，谓之"笋宴"。

我们这算是朋友间的"笋宴"吗？无意间竟传承了大唐遗风。

竹笋不仅味道鲜美，而且含有丰富的蛋白质、氨基酸、脂肪、糖类、钙、磷、铁、胡萝卜素、维生素 C、维生素 B、维生素 B2。竹笋中丰富的植物蛋白、维生素及微量元素，有助于增强机体的免疫功能。

宋代苏轼非常喜欢竹子，他的居室四周都种上各种竹子，平时有空儿就漫步竹林。曾写赞美诗："宁可食无肉，不可居无竹。无肉令人瘦，无竹令人俗。"后来有人给他的诗续了两句："若要不瘦又不俗，除非天天笋炒肉",成为趣闻。

鄂西北竹溪老家的老屋周围,曾经也有一片竹林。我记得上中小学时,跟哥哥一起种过竹子,挖几棵一两米高的竹子,带泥带根栽在地里即可,当然,家周围的竹子品种是经过挑选的,太细的山竹毛竹不要,最好是稍微粗壮的竹子,这样长大了用处更大一些。哥哥说,住的地方得有竹林,环境才好。我不知道他是否受了苏轼的影响,也许跟苏轼毫无关系,无论古人还是今人,对环境的要求有很多相似之处。院子周围的竹子不能离屋子太近,竹子的根到处生长,长到墙上、屋子里就不妥了,于是屋檐排水沟成了自然的隔离带,一出现竹根往屋里的方向长就要处理掉。那时老屋的竹林里还有一口水井。吃水、洗菜都在那口井里。

小时候自然也会跟哥哥姐姐们去挖竹笋,绵延起伏的群山,竹笋遍野。立春,雨水一过,农历早春季节,鲜笋脆嫩,这竹笋,真是名副其实的"山珍",少时似乎缺乏这味觉体验,总是想着吃肉,肉食第一,对青菜素菜永远都吃不出什么好。直到多年之后,才发现,这人间至佳的美味,竟在记忆里,被唤醒,重新品尝,回味,有着更为温暖的体验。即使前人有"新绿苞初解,嫩气笋犹香"(唐代韦应物),"客中虽有八珍尝,哪及山家野笋香"(清代画家吴昌硕)的诗句,也说不尽这感受。

朋友的春笋炒腊肉,算是吃笋的经典做法之一。美食家蔡澜也说"肥猪肉和笋的结合是完美的"(《素之味·冬笋》)。

晋代戴凯之的《竹谱》一书中,介绍了竹子的70多个品种和竹笋的不同风味。真正鲜美的山珍,其本身的味道已是鲜美,新笋极嫩。从出土到入菜、上桌不过几个小时,那春笋是脆的,顶尖部分简直就是酥的,还有些微微的甜;那汤是鲜的,不用任何调味品,原汁原味。

竹笋食法很多，素有"荤素百搭"的盛誉，既可与肉、禽、鱼、蛋等荤料合烹，也可辅以豆制品、食用菌、叶菜类等素菜烧制，炒、烧、炖、煮、煨皆成佳肴。它一经与各种肉类烹饪，就显得更加鲜美。夏笋、冬笋亦然。

还有一种有意思的吃法，宋代诗人杨万里在《记张定叟煮笋经》写道："江西毛笋未出尖，雪中土膏养新甜。先生别得煮簧法，叮咛勿用醯与盐。岩下清泉须旋汲，熬出霜根生蜜汁。寒牙嚼出冰片声，余沥仍和月光吸。菘羔楮鸡浪得名，不如来参玉版僧。醉里何须酒解醒，此羹一碗爽然醒。大都煮菜皆如此，淡处当知有真味。先生此法未要传，为公作经藏名山。"将煮笋吃笋写得活灵活现，教人垂涎欲滴，还说笋汁是解酒妙药，而煮笋不加油盐，此诗为证。

刚刚收到老家带来的笋干，"故人知我意，千里寄竹萌"（苏轼）。真是感慨万千，故乡那满山遍野的竹林，该又是一派葱郁的景象。

夜雨春韭第一荤

"夜雨剪春韭，新炊间黄粱。"当我读到这诗句，第一反应是，为什么杜甫要在下雨的夜里剪韭菜？泥土是湿的，会沾在韭菜上面不大好洗哦，洗韭菜本来就需要更加仔细的。

这首诗大概是公元 759 年（唐肃宗乾元二年）春天，杜甫作华州司功时自洛阳返回华州途中所作，诗圣的原意大概是，春天，雨后的韭菜很嫩，很新鲜，用来招待客人，再好不过了。还有一点可能大多人没有留意到，我粗浅的认识是，在青黄不接的春天，洛阳一带的菜园子里，也没有什么特别的青菜可吃，韭菜，可能是当时能做的不多的菜品之一。

韭菜，是少数四季都可以生长的蔬菜。而温暖的广州，一年四季都可以长得很欢。我们楼顶的菜园里，首先留了块韭菜地，从邻居家移植了一些韭菜根，每天浇水，也施一点农家肥——这有机肥，阿布做了巨大贡献。不出半月，就可以看到一点点刚出的新苗。

我记得小时候，母亲每次割了韭菜，就盖一层从灶里刨出来的柴草灰，然后再盖薄薄一层土，母亲说，这样韭菜长得快，不长虫。

为什么要用草木灰？这个疑问隐藏了几十年，我才解开这个谜题，答案是：草木灰为碱性，不仅可以作为钾肥施用，还有防寒、杀菌消毒、抑制病虫害发生、促进作物茎秆健壮和增强作物抗逆性等作用。草木灰有很细的微粒，撒在叶上可防治成虫，撒在根部可防治幼虫根蛆。

我们没有草木灰，不用农药，所以韭菜偶尔也生虫。

刚剪回来的韭菜，洗干净，切成一厘米左右长，土鸡蛋三四枚，打破鸡蛋，搅拌，时间需长一些，让蛋清和蛋黄充分交融。放油炒出蛋花，立即放韭菜，炒的时间不易长，韭菜熟即起锅。趁热吃，鸡蛋和韭菜的香味扑鼻而来。

我第一次吃到自己种的韭菜炒鸡蛋，就强烈地闻到真正韭菜的香味。买来的韭菜，只有辛味，没有香味，甚至一点味道也没有。

种菜可以吃到蔬菜最本质的味道，这是最大的乐趣和成就感。

梅果吃素的那些年，从来不吃韭菜。她说，韭菜，在素食谱里，算是荤菜，而且是排名第一的大荤。

原来，在佛教中，有"五荤"之说，也称"五辛"，特指五种臭菜：葱、蒜、韭菜、洋葱（兴渠）、薤（xiè，又名藠头），其中兴渠主要产自印度。据《大佛顶首楞严经》卷八载，此五种之辛，熟食者发淫，生啖者增恚，十方天仙嫌其臭秽，咸皆远离，然诸饿鬼等则舐其唇吻，常与鬼住而福德日销；大力魔王现作佛身为其说法，毁犯禁戒，赞淫怒痴，令人命终为魔眷属，永堕无间地狱，故求菩提者当断世间之五种辛菜。韭菜因其口气难闻，生吃、熟吃皆不能消，且易引起他人嗔心、远离心，故为第一。

佛教中，韭菜成为排名第一的荤，大概还有一个原因，韭菜具有温中下气、补肾益阳等功效，在增强精力的同时，更是对男性勃起障碍、早泄（肝胆外科）等有极好的治疗效果，因此医学古籍称之为"壮阳草"，现代人甚至还给了它"蔬菜伟哥"的桂冠。

除"壮阳草"之外，韭菜有很多别名：韭、山韭、长生韭、丰本、扁菜、韭芽、懒人菜、草钟乳、起阳草等。韭菜含蛋白质、脂肪、碳水化合物以及丰富的胡萝卜素与维生素C，还有钙、磷、铁等矿物质。

需要注意的是，在中医里，有人把韭菜称为"洗肠草"。韭菜不易消化，一次不能吃太多。心烦、颧骨潮红、口干不想喝水、舌红少苔、易盗汗的人要少吃，易过敏的人也不宜吃。

吃韭菜会有口气，常被人诟病，所以吃后应立即刷牙，喝茶或咖啡。

你要是去会女朋友，还是不要吃韭菜为好。

不吃，但是，可以一起聊聊韭菜。从《诗经·七月》的"献羔祭韭"，到汉代《盐铁论》的"杨豚韭卵"，还有五代狂人杨凝式写过一篇与王羲之的《兰亭序》、颜真卿的《祭侄季明文稿》、苏轼的《寒食帖》、王徇的《伯远帖》并称为"天下五大行书"的《韭花帖》，以及梁启超的"韭菜花开心一枝，花正黄时叶正肥。愿郎摘花连叶摘，到死心头不肯离"。满腹经纶的样子。

阿布说：装吧你！

不提苞谷好多年

别说你不知道什么是苞谷，苞谷就是玉米。

很多年，我不愿意提到苞谷。

我跟阿布说，你知道吗，老爸像你这么大时，天天吃"苞谷糊涂"（就是玉米面做的稠粥），一年吃白米饭不超 10 天。

7 岁多的儿子将信将疑，那吃什么？有没有肉吃？

哪里有肉吃，一年，只有过年吃几天肉。

我没必要骗他，毕竟不是忆苦思甜。现在所谓的以前的"苦"，只是多年后通过对比分析出来的，在当时，所有的人都是这样，没有觉得在吃苦，反而觉得偶尔吃顿肉、吃个荷包蛋是件幸福的事，会欢乐好几天。

童年时期的 20 世纪 70 年代末 80 年代初，物资极为匮乏，自给自足为主，老家竹溪山区水稻种的少，所以吃米很少，苞谷多，成为主粮。青黄不接的冬春两季基本没什么菜吃，主菜就是辣子汤（辣椒切碎拌盐加水）。我们吃"苞谷糊涂"的最高境界是不沾碗，就是饭吃完了，碗是干净的，类似广东的双皮奶。但我一次没有成功过。

那时几乎顿顿"苞谷糊涂"加辣子汤。而香喷喷的锅巴成为最为抢手的美味。

五年级的时候，跟着哥哥吃县政府食堂，一直吃到上大学。

"苞谷糊涂"的味道从来没有忘记。但是，也不愿主动想起。

直到2012年春天，我带着4岁的儿子第一次回到老家。

正好是苞谷抽穗的季节，少量的早季苞谷已经有鲜嫩的可以吃了。

新鲜的苞谷磨成糊状，再发酵两三天，可以做成酸浆巴。

那天，嫂子说：这刚做的新鲜浆巴味道非常好，要不要吃一碗？

说实话，大概是童年吃伤了，我对苞谷食品有着后天的排斥。

但是，又不好明说：尝一点吧。

就几口，我就改变了多年对苞谷的恶劣印象。

酸酸的，甜甜的，润滑爽口。

我说，再来一碗。

阿布当然也爱吃。还爱吃浆巴馍、烤玉米棒子。对了，现在习惯叫玉米，身边人都这么叫，也习惯了。

玉米胡萝卜排骨汤在阿布的靓汤排行榜至少居前三。

当然，时隔多年之后，我也开始吃玉米了。之前，是抗拒的。

这个原产地拉丁美洲的植物，曾经如此霸道地占据了我的童年食谱。而我曾经深恶痛绝的主食，营养竟如此丰富，超过了我们更爱吃的大米和面粉。

本来面目的小院子有块地，种了折耳根，要不要再种点玉米？梅果说种就种。春天播种，夏天长到了一米多高，有了果实，玉米棒子有了白色的、金黄色的"胡子"。

忽然想到，我的印象中，玉米是要追肥的，尤其是"怀了孕"之后。我们没有肥料，没法追，而且，我们根本没有想过要用肥料。只是浇水。

数十株玉米，长到一米五左右高，长成了一片玉米林，还长了

"胡子"。但是，再也不见生长，长停了。这是股民最喜欢的词，但是，因为缺肥，养分不够，无法结果，玉米的生长期结束了。

我们没有吃到自己种的玉米。有点遗憾。

去年，在纽约住了几年的大学同学回来，非常强烈地要求吃"苞谷糊涂"，我于是制作了一小锅，水烧开后，用玉米面粉慢慢搅拌，印象中是要多搅拌，且火不能大了，继续煮，锅里会出现泡泡窝窝，起起伏伏。闻到玉米的香气，稍微再在锅里"焖"一下，就可以吃了。

实在惭愧，我做的"苞谷糊涂"味道不怎么样，不够香，面不够细，有星星点点的小玉米粒，真正的好吃的"苞谷糊涂"，至少有这样几个标准：润滑（有颗粒一定是失败的），香，干稠合适，有香脆可口的锅巴。

但是，我那次做的，很不成功。我上一次做"苞谷糊涂"是二十多年前的事了。

为安慰我照顾不周制作失手的羞愧情绪，老同学不久前还微信说：味道不错啊，实在没想到你居然真的会做，太难得了。

竹溪来的豇豆种

楼顶南北竟都可以看到珠江，最诱人的是这一大片地方还空着，可以利用。这儿弄个菜园，还可以搭个架子，做个凉棚，长些葡萄，摆些桌椅，夏天乘凉，喝茶，多好，太座说。于是定下九楼。

当年为什么买九楼，还有一个听起来让人更舒服的原因是，九楼便宜啊。没电梯啊，亲。当然，这都不是重点，重点是，我们要建设一个自家的菜园子了。

近水楼台，没人跟我们争楼顶，数百平方米，随便用。

需要泥巴。从哪里弄？

小区的绿地，长满花草的地方不适合搞破坏。我们拿着铲，拎着桶，满院寻找。

你知道，一桶泥很重的，半桶已经很沉了，拎两次已是满头大汗，劳动一天，倒在楼顶的土不过一小堆，而且，边边角角扫的泥土，多砂石，不吸水。

太座找到小区负责花草的园丁，说，每天剪下的树叶，请帮忙装在袋子里，我们搬到楼顶去，渥肥。阿姨很配合，每天我回家，就有两袋装得满满的树叶，等我背回去。

后来知道，芳村花卉市场，有各类泥巴专卖，从东北土地上直接挖来卖的泥炭土，肥且保湿性好，三元一斤，一次拉了二十包。

种子从哪里来？

离家两站地铁的磨碟砂有个农科所，什么种子都有。远在湖北竹溪的嫂子听说我们种菜，强烈推荐了她看好的豇豆种，她是高级农艺师，推荐的自然是好品种。过春节时，托回家过年返广州的堂姐带给我们。

嫂子推荐的豇豆种果然优良，长得很快。但是它太爱生虫子了，这个豆角虫，非常小长得快，一夜就是黑压压一片。杀虫得用药喷。

不杀虫的后果是什么？

豆角长不大，本来可以长 30 厘米的，长到 10 厘米就被豆角虫吃得到处是虫眼。

我们坚持不用农药，豇豆没法长大。只好抢在虫子吃完之前把它们收了。

其实，我从小只知道"豇豆"，原来在广州叫"豆角"。"豆角"我的理解大概是豆类的统称。我错了，稍微了解下才知道，不只"豆角"，"豇豆"其实有很多名字，各地叫法各异：羊角、线豆、角豆、饭豆、腰豆、长豆、裙带、菜豆、矮脚豆、浆豆等等。原产于印度和缅甸，中国各地常见。李时珍《本草纲目·谷三·豇豆》记载"豇豆处处三四月种之，一种蔓长丈馀，一种蔓短""豇豆开花结荚，必两两相垂，有习坎之义"。《本草纲目》还提到它的药效："理中益气，补肾健胃，和五脏，调营卫，生精髓。止消渴，吐逆，泄痢，小便数，解鼠莽毒。"

不过现在，吃豇豆并不因为其疗效，而首先是一道美食好菜。

稍微开水煮下，凉拌。或者切成段，爆炒，炒肉丝，略加花椒、干辣椒丝，更香。

最美味的，莫过于竹溪泡菜酸豇豆，它是我吃过的味道最好的泡酸菜。用酸豇豆酸辣椒炒瘦肉、炒土鸡，那种味道，想起来就会有口水。

　　如果有人吃过正宗的竹溪酸豇豆，就知道，我说的都是实话。不信你问问每一个到世界各地去的竹溪人，最想念的家乡味道，酸豇豆稳居前两位。在其他任何地方也泡不出这样的纯正的酸味来，即使从竹溪带了"酸水母子"到外地泡，味道也会略差点什么。

多年难遇阳荷姜

晚餐果然有惊喜。

梅果刚下飞机，就打电话：切好牛肉片等着，我带了好东西一起炒，你一定想不到。

她贵州出差回来，居然带回3斤野生阳荷姜。

一到家，就赶忙将其洗净，切片，炒牛肉片。

这种难得一吃的特色蔬菜，风味独特，虽叫"姜"，但没有姜的辛辣，是泥土的清香和甘甜，无法准确描述这美味菜肴。

这阳荷姜，上次吃，还是3年前在神农架，在那些农家山货铺里，看到阳荷姜，简直激动得有些失措了，因为，上次距离上上一次吃到，已是十几年前的事了，如果不是在神农架碰到唤醒了这个味觉的记忆，我也许已经忘记还有这个食材，这种叫阳荷的菜。

这个菜，让我首先想到了唯一的姨，跟我母亲不同姓的亲姐姐。整个老院子里，好像只有姨家有这个菜——或者说，我只在姨家吃到过这个菜，我自己家里也没有。儿时鄂西北冯家老院，我们和姨家挨得最近，我家门前姨的菜园里种了一排阳荷姜。可以长到一人多高，在夏秋季节，姨就会挖出一些，炒片或丝，或者放在坛子里腌成酸菜。自家没有，对我们来说就很新鲜，姨当然会做给我们吃，她也没有把

127

我们当别人家的孩子。

姨对我们，比母亲更为慈祥，母亲偶尔会打骂，姨从来不会，有好吃的，总会给我们。我的记忆里，每到春节时，我和哥哥总是在她家的火炉屋里写对联。姨总是给我们生好火，伯父（姨父）也会搬好桌子。给我们弄很多好吃的，瓜子花生苞米花糖等。

我小学之后就很少在老家，见到姨的机会一年也没有几次，随着年龄增长，见面越来越少。刚上大学的开学那年，姨特意给我制作了几个染了红色的鸡蛋让我带走——这非常特别的祝福，至今印象深刻，我当时被染过颜色的红所打动，虽然姨并没有说什么，只说：带着吧，路上吃。后来专门查阅过红色鸡蛋的寓意，大概是祝福红运当头、一帆风顺、事业兴旺之意。姨似乎从来没有问过我在外面做什么。直到我看见她头发慢慢变白，渐渐苍老。最后一次见时，伯父已经过世，而她也明显衰老，已经病得说不出话，却紧紧拉着我的手。

世界上最善良的这个人说走就走了。而那之后，我再也没有吃到过阳荷姜。姨炒的阳荷姜，我再也吃不到了。这味道竟消失了多年。

有些东西，在记忆深处，你根本没有觉察到它的存在。但是在某个时候，记忆会被忽然唤醒，比如阳荷姜。我想起的不是味道，而是一个人。

梅果说，这阳荷姜，一般都是野生的。小时候常吃，现在吃得少了，见都见得少，你不是也很喜欢？碰到了，必须带点回来。

见得不多，我对阳荷姜也真不了解，甚至名字我都不知道是哪几个字。

原来这阳荷姜，名字还真的五花八门，音同字不同，洋火姜、洋禾姜、阳藿、阳荷、洋合、盐荷、檐荷、岩荷、洋合笋、野阳合、元藿、蘘荷、茗荷、腾荷、腾草、蘘草、莲花姜、山姜、观音花、野老姜、土里开花、野姜、野生姜、毛葋玉风花、嘉草、猼月、蒚蒩、芋渠、覆菹等等。多生于秦岭以南地区，耐阴，多野生，目前已有大量栽培。

在日本又称茗荷，应为阳荷的变音，中国叫"洋火姜"，大概也跟日本广泛种植食用有关，曾是风靡日本市场的抗癌保健野生蔬菜。根茎可入药，"性温，味辛淡，忌铁"，具有活血调经、镇咳祛痰、消肿解毒、消积健胃等功效，可治疗便秘，糖尿病等病症，食用还可以滋阴补肾，有"亚洲人参"之美誉。

这美誉倒不重要，重要的是，我们至少可以吃三五顿美味的炒阳荷姜了。

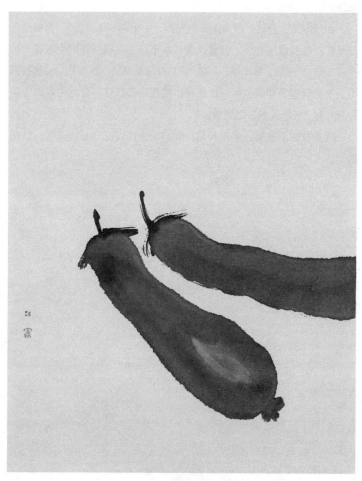

茄子 秋霜欺我能忍辱

奢侈的茄子

真没想到，这个夏天，叶菜歉收，茄子却是大丰收，种的十几棵茄子，居然摘了好几茬。最大的茄子王，大概15厘米长。这让我有理由坚信，那些超过30厘米的粗大光亮，一个能炒一大盘的茄子，恐怕是特殊的品种，或者用了什么生长激素，不正常。当然，这纯属瞎琢磨，羡慕嫉妒恨，绝对属于自卑心理。

我是轻易不敢炒茄子的，因为，在我的印象里，茄子是道非常难做的菜。一般炒炒，味道寡淡。

跟其他蔬菜不同的是，茄子很吸油，炒时需要油多，不然不够润。

关于茄子吸油，上大学时，有个同宿舍的汉子特别爱吃红烧茄子，是鱼香茄子煲的狂热爱好者，为何情有独钟？他的解释让我恍然大悟：茄子吸油，油水厚啊。一盆茄子煲的油水不亚于一盘红烧肉，而红烧肉贵，茄子煲要便宜多了，性价比太高了。他每次提起都眉飞色舞，兴奋无比，脸上闪着满足而狡黠的光芒。

但我不那么爱吃，因为，我最爱的，当然是煎茄子饼。到目前为止，母亲的煎茄子饼，是做得最好的。母亲会把茄子切成厚圆块，每一块的两面都用刀划几道痕，大概是可以让油更深入地滋润，然后烧红锅放不少油，将切好的茄子圆饼用筷子一饼一饼夹到锅里，排队煎一会，然后翻身，再煎另一面，如此反复几次，待两面金黄酥软，就差不多了，放盐、葱末、辣椒片等配料稍微翻炒，再放酱油，起锅。色泽金黄，吃起来香醇鲜嫩，油水微冒。在缺衣少食的儿童年代，这种油煎的茄子饼，无疑是一道非常奢侈的大菜。

这种"奢侈"，在客家菜里显得尤为明显。梅果是客家人，我一直认为客家菜是比较奢侈的，无论是用料还是做法。客家的做法"酿"是很典型的。

这茄子，也可以"酿"，茄子剖开，里面会放剁好的肉碎，光剁肉末就是一件很费时间和精力的事情，还要将肉末放进茄子，放油盐佐料，包裹好，蒸熟。类似包饺子蒸饺子。比煎茄子饼更加费时间。当然，吃起来也别有风味。

我不大敢做茄子，当然更多的原因是不会煎，炒茄子我从来没有吃到满意的。我自己信心不足。

没有什么蔬菜，只好勉为其难，硬着头皮第一次做红烧茄子，或者叫炒茄子，切块后，首先得用开水焯，把水挤出。不焯吃起来会微微的麻嘴。油锅，放入茄子片，加辣椒蒜瓣翻炒，将熟时加盐、酱油，起锅即可。

居然好评如潮。

所谓"如潮"，其实就是梅果和阿布各说了两三句"好吃好吃"，而已。我自己也感到超水平发挥，第一次做得还算不错，挑不出什么大毛病。

我想，纯天然食材，只要是熟的，味道应该差不到哪里去吧。

总之第一次做烧茄子，基本算得上"载誉而归"，小获成功。

没有比较就没有伤害。

我再一次做烧茄子，阿布说：怎么没有第一次做得好吃？

梅果有同感，她说：真的好奇怪，我以前很少吃茄子，第一次吃你做的茄子，感觉太美味了，但是这次，味道为什么没有上次那么好吃？

我相信他们说的是真话，因为，我也认为，我第一次烧的茄子才是最好吃的。

每况愈下，我越来越怀疑，我的做法里一定缺了什么。

因为，茄子，在我眼里，是道很奢侈的菜。

我的做法是否简单而草率？我缺了什么？

我也不想第一次就成绝响。厨神之路，还长啊。

这么晚了，还没浇菜呢，茄子叶子晒黄了，还有花，还能长一茬吗？

柿子树的秋天

阿布外婆河源老家的那个村子，20世纪80年代以来陆续搬出，直到空无一人。但近5年，在深圳、东莞、河源市区的老家人又陆续回到老地方，盖房子、养鸡鸭牛羊，俨然开始了养殖业的小产业化，收入不错，空气好，日子过得挺滋润。于是回迁的人越来越多，老院子又开始热闹起来。

其实很多地方都是这样，乡村荒芜了20多年，近年渐渐旺了人间烟火。我的老家鄂西北的老院子也是，在最热闹的20世纪80年代，有30多户，现在还剩3户。

我们的菜园子，很多都是从阿布外婆老家移栽的菜苗，春夏季节的紫菜苔、莜麦菜、美国苋菜、马齿苋。上次回河源去，上老家，院子里的柿子树挂满了果实。这青柿子太熟悉了。因为我鄂西北老家门前的菜园子里也有一棵柿子树，高十几米，枝繁叶茂。到深秋时节，又大又红又圆的柿子满枝挂着，很是诱人。

儿时，柿子树给我们兄弟姐妹带来的喜悦真是无法想象。我们等不到柿子全部红熟，在挂着果的时候，便要摘一部分来腌着，腌的青柿子还可以拿来卖。

柿子红透了，母亲会选一晴朗的日子，进行"下柿"活动。哥哥挂帅，拿着长夹杆和箩筐，姐姐们拎着篮子。哥哥姐姐在树上找好了稳妥结实且有利采摘的地方后，便开始行动起来。手摘不到的地方就必须夹了。他们练就夹柿子的功夫让儿时的我羡慕得要死。哥哥找准蒂部，用力一折枝，一挂柿子便跟着大竹竿在空中划一道优美的弧线，稳稳地落在箩筐里。母亲当晚便挑了一篮子红透的大柿子，挨户送去几个，空着手回来的时候，脸上洋溢着幸福的笑。这时节，得防小偷。哥哥想了一个好主意。一天深夜，哥哥正在北面守着，一个人影趁着月光爬上了树。待那人摘得正欢，哥哥的手电筒照在他身上。但是哥哥一直没讲那晚抓到的小偷是谁。为此，我们弟妹几个埋怨了他好长时间——我们与伙伴们聊天少了一个多好的话题啊。不过从此无人再偷柿子。

直到很多年之后，邻村的老张接我们去吃酒，喝得大醉，大嘲自己当年的穷困潦倒，我们多年的疑团才算解开。当年的小偷就是一家九口之主的老张，他偷柿子目的只有一个：当粮食糊口。哥哥当时放了他并答应对谁都不讲，末了还摘了半袋柿子让他背走了。这年代已相当久远，他家现在儿女都成家，有了孩子，他也成了爷爷辈，孙子都要添儿子了。我的儿子阿布也长得有我当年那么大了。

是的，那个年代真的太久远了，现在的柿子树基本自然熟，自然落地，摘了也吃不了那么多啊。

青柿子是可以摘下来腌的。洗干净，沥干水分，泡在有"酸水母子"的菜坛子里，数月后，捞起来，切块，切片，凉拌，酸酸甜甜，真是太爽口了。我已经很多年没有吃腌的酸柿子了。

阿布外婆家爱吃新鲜蔬菜，基本不做泡菜，柿子摘下来，削去外皮，日晒夜露，约经一月后，放置席圈内，再经一月左右，即成柿饼。这柿饼形圆、肉厚、质软、味甜，还有一层白色的霜，非常独特。

深秋季节，10月以后，柿子就红了，不过，要在树上找到一个晶莹剔透，大红圆润的柿子并不是一件容易的事，因为味道好，大多被虫、鸟尝了新鲜。

不过，我更想吃的，还是腌的酸柿子，想起来都要流口水。

玫瑰枇杷饮

有种冬天开花的树，你首先想到的也许是蜡梅。不是。

我说的是枇杷花，正在盛开。

春天的某个周末，邻居说，你知道吗，小区有颗枇杷树，不知道是谁家的，结满了，可好吃了，要不要去摘一些？

枇杷？梅果说，你是说 E 栋那棵？我们栽的哦。

如果不是梅果提醒，我还真忘记了，这棵树是我们栽的，好多年前的事了。那年搬家，一些杂物搬的搬，留的留。盆里种的枇杷树，大约两米高了，搬也搬不动，送人没人要，丢了舍不得。

不如栽了吧。梅果说。

我本来很想把这棵枇杷搬到楼顶菜园里去，但是无能为力，实在太沉，而且枇杷会长成很大的树，楼顶是没有办法安置的。我们瞅了个空，将两米左右的枇杷树苗栽到了小区的绿化带里，浇了水。

我们的房子在小区的另一栋，如果没有特别的事，一般不从这棵枇杷树边经过。时间一长，淡忘了。没想到几年长到两层楼高了。直到今春挂满了枇杷果。金黄金黄的，实在诱人。

小区里孩子多，这棵树正好长在小区中间位置，嘴馋的小孩或大人不时摘一些。

忽然想起，这是我们栽的，得宣誓主权。

于是，我们写了牌子，上书：枇杷有主，注意安全，不要上树。

宣誓主权的意义在于强调，这是我的，你可以吃，但不能乱来。不是我们要独吞一树枇杷——你一定要摘，我也不能跟你吵架不是？

当然，我们可以理直气壮地摘。

某个周末，我们决定将已经让无数人垂涎且悄悄品尝过的枇杷摘回家。爬树，那可是我的童子功。

鄂西北老家的大院里，有大大小小的枇杷树十几棵，最大的那棵，就在我家的屋侧后，少时我和堂弟两人合抱才勉强可以围住。树干大概十多米高，枝叶茂盛，数十平方米的地盘基本上是属于枇杷树的。

枇杷冬季开花，枇杷的花为白色或淡黄色，有五块花瓣，直径约2厘米，以五至十朵成一束，枇杷与大部分果树不同，果实在春末成熟，比很多水果都早，因此被称是"果木中独备四时之气者"。

成熟的枇杷自然成了我们的猎物，大人一般不会同意我们去摘。我们只好自己行动。

那次摘枇杷，印象很深。有一抓枇杷在枝头，很难够着，于是打赌，谁可以摘下来？

我说我来，堂弟说，算了你不要去，我去。堂弟跟我在一起，常常抢先做很多譬如寻路、上山、攀岩之类的有些危险的事，他手脚利索，比我聪明胆大。

这个枝头离地面十多米，需要经过一条很细的树枝丫，树枝有可能会断哦。

那时哪里想到那么多，我直接就攀着树枝去了。

结果是，小树枝支持不住，在我手够着枇杷的时候，枝头迅速降落。

好在我抓得够紧，树枝也够长，在离地一米左右，我摘下枇杷平安落地，心里当然有点慌，有惊无险。我对枇杷枝的韧性也有了深刻的认识，幸亏！

比我小几个月的堂弟在爬树、砍柴、干农活等各个方面都比我麻利。而且，他敢捉蛇，我怕蛇。他读书也不错。小学五年级，哥哥将我转学到县一完小，堂弟遭遇了一次烧伤，加上经济拮据，小学没毕业就辍学了。

之后的很多年，跟堂弟联系渐渐少了。偶尔会听到关于他的消息，到了河北矿上，某次垮塌事件严重受伤，医院里躺了几个月，命大，无大碍，却没得到应有的赔偿。好在他是数一数二的炮工，勤快点一月能挣几万，几年前在县城盖了楼房，娶了个贤惠的城里媳妇。过年到他家去，房子很宽敞。我们不再谈论枇杷。我们也很多年没有一起吃过枇杷了。

老院子那棵枇杷王，早就被砍了。

而那酸酸甜甜的枇杷味道，却不曾忘记。

自己的枇杷，我们摘了两筐。给邻居分享了一筐。另一筐，自己留着吃。

枇杷可以滋阴益气，调中降火。李时珍在《本草纲目》中有记载："枇杷乃和胃降气，清热解暑之佳品良药。"枇杷因其神奇功效被评为"果之冠"，历史上常被作为贡品。枇杷花、叶均可入药，枇杷叶具清肺和胃、降气化痰的功用，为治疗肺气咳嗽的要药。

吃不完的，制成枇杷雪梨冰糖水。取枇杷数粒，去皮，取核，枸杞数粒，雪梨去皮切成片，加水，加冰糖煮数分钟，味道甜美，无法表述。

还有一种独门做法：用朋友家自制的玫瑰米酒，加去皮去核枇杷几粒，煮开即食，不仅可以吃枇杷，还可以看见水面飘荡的玫瑰花瓣，只客家米酒的香气闻着就陶醉了。

全球唯一，独家烹制。

我们命名为：玫瑰枇杷饮。

千差万别是木瓜

楼下养大狗的菜友阿叔为表示友好，决定将他种了几年的木瓜送给我们种。

木瓜？

有没有搞错？这种植物叫木瓜？

在我的记忆里，木瓜不是这样的，是树，大树！果实是可以卖到药铺做药的。

老家鄂西北一带的木瓜，是一种树，可以长到很高，开花，结果，果实有碗大。果实青的时候，可以把它切成片或丝，用蜂蜜泡上几个月，吃起来清爽脆甜。我到广州十几年，见都没见过，更别说吃过了，上次堂姐从老家带来，我毫不客气地没收，占为己有，每天吃几筷子。木瓜成熟了，晒干，是坚硬的果实，不能当瓜果吃，是药。

老家的老院子，有好几棵木瓜树，最大的那棵，超过二十米高，树粗壮，一人抱不下，枝叶茂盛。我们常常爬上爬下，还套了葛藤做的绳子荡秋千，承载了我好多儿时的记忆。

但阿叔给我们的，确实也叫木瓜。

广州的木瓜据说古时从美洲传入，故名番木瓜，不是树，是蔬菜瓜果的"瓜"，是蔬果。这木瓜的"树"也能长到两三层楼高，结出很多椭圆碗大的木瓜果,一束有十几二十个。

阿叔给的这棵木瓜近两米高,结了两个小果。我们跟种其他的菜一样,每天浇水。

但两个月过去,果实依然很小,拳头大,而邻居的,已经有两个拳头那么大了。

什么原因?我们交流心得。

他说,你们没有施肥,光自来水,是不够的。

原来,他施了些复合肥。

我们坚持不用化学肥料。这木瓜无法再生长了,小拳头那么大又长停了(之前玉米长停过,这是第二个长停了,股民要雀跃了)。我们表示遗憾。

这木瓜,用来煮汤,是很好的材料,果肉质厚、软、甜、有香味。果肉可鲜食,榨汁加牛奶,名为"木瓜牛奶",是有名的饮品。

懂点医的朋友介绍说,热带水果"木瓜"除了富含水分,其中酵素的解毒能力更是出色,一天食用一个木瓜,就能慢慢代谢掉累积在肝脏里的毒素,也能缓和皮肤的流脓症状,以及久久不愈的异位性皮肤炎,因此木瓜有"超强解毒水果王"的称号,他说得好复杂,通俗地讲就是"祛斑"。

来广州之前,我从来没有吃过番木瓜,现在也渐渐喜欢上了,用鲜木瓜炖汤或是加蜂蜜蒸木瓜,清香中有淡淡的甜味。

我发现几乎所有的女生,都爱吃木瓜。

什么原因?

原来,木瓜还有一个功效:美白、丰胸。随便在网上查查,就可以看到这样的文字:"如果在每月的排卵期配合吃木瓜,对丰胸非常好。"

当然,番木瓜还有健脾胃、助消化、润肺燥等很多作用,在这个娱乐至上的年代,"丰胸"的作用被无限放大了。

南方的木瓜是道好菜，鄂西北的木瓜树，也是正宗的木瓜哦，名字一样，却是完全两种不同的植物，这是药用木瓜。

药用木瓜也叫"铁脚梨"，它是原产于安徽宣城的野生果，故称其为"宣木瓜"，还有更多的别名：木瓜实、秋木瓜、酸木瓜。蔷薇科木瓜属。产于我国山东、秦淮以南。宋代陶穀《清异录·铁脚梨》："木瓜，性益下部，若脚膝筋骨有疾者必用焉，故万家号为铁脚梨。"此木瓜有香气，入肝、脾经，具有平肝、舒筋、活血、通络、化湿、和胃的功效，为治腿痛、转筋、湿痹、脚气的要药，多用于治疗风湿性关节炎、腰膝酸痛、脚气肿胀、小腿肌肉痉挛等症状。

那么，菜农的疑问是，《诗经·卫风》"投我以木瓜，报之以琼琚"里的"木瓜"究竟是哪种木瓜？菜农粗浅的判断是，卫国在中原一带，不大可能产南方番木瓜。番木瓜何时传到中国，有几种说法。有人认为，《岭南尽杂记》记载了番木瓜，这部书成书于17世纪末，说明我国栽培番木瓜至少有300年历史了。也有人认为，宋代王谠的《唐语林》讲到了番木瓜，而这本书是根据唐人小说的旧材料编写的。因此，番木瓜传入中国，最晚也应该在12世纪初，最早可能推至唐代。《诗经·卫风》大约成书于春秋中期，早了番木瓜很多年。

那么，有没有可能是别名铁脚梨的木瓜？

可能性较大，但是不敢确定，因为，名叫木瓜的植物还有很多种，昆明就有一种木瓜水，是云南才有的特色饮品。这种木瓜很明显不同于以上两类。

老友洪领前几天还发来图片，说：我见到一种盆景，是专门做盆景的木瓜树，长不大，很有意思。

到底有多少种木瓜？我彻底蒙了。

猪草居然是"皇后"

老友铁兄搬家时给我留了一块地。他说,我种了红薯,过段时间应该可以挖了。

那时我还没有属于自己的菜园子,算是预热。专门去黄埔村买了锄头。

我基本没有怎么管,就是去锄过一次草,秋后去挥膀子大干了一场,将20平方米左右的一块红薯,全部刨了出来,没有肥料的结果是:种一坡收一箩煮一锅吃一勺。还没收到一箩,只收了十几个。一年之后,那块地被小区管理处征用,做了停车场。再之后,我也有了自己的菜园。

梅果说,红薯叶很好吃,别扔了。

在我的印象里,红薯叶和藤都是用来喂猪的,是上等的猪草。童年时期,家里种了很多红薯,收获的季节,红薯(那时习惯叫苕)堆放起来,可以做主粮,其他的根茎叶剁成寸头,煮熟喂猪,略加了玉米面什么的,猪爱吃且长得快。更多的红薯藤叶装进大缸储存做过冬的饲料。

红薯叶可以当菜吃?

当然可以吃,你没听说过红薯叶是"蔬菜皇后"?梅果很疑惑,你不会没吃过吧?

这之前，我真没吃过，谁跟猪抢吃的？甚至有点不屑。

真是三十年河东，三十年河西。多年前最著名的猪草红薯叶还真是"蔬菜皇后"，这个结论是亚洲蔬菜研究中心经研究发现红薯叶的高营养而得出的。我在童年时即使吃辣子汤，也不会想到要吃红薯叶。猪草！

研究说，红薯又名红芋、甘薯、番薯、番芋、地瓜（北方）、红苕、线苕、白薯、金薯、甜薯、朱薯、枕薯、番葛、白芋、茴芋地瓜等。富含蛋白质、淀粉、果胶、纤维素、氨基酸、维生素及多种矿物质，有"长寿食品"之誉。有抗癌、保护心脏、预防肺气肿、糖尿病、减肥等功效。

红薯之所以称番薯，大抵是因为它是"舶来品"之故，原产地南美洲及大洋洲、小安的列斯群岛。陈世元《金薯传习录》中援引《采录闽侯合志》："按番薯种出海外吕宋。明万历年间闽人陈振龙贸易其地，得藤苗及栽种之法入中国。值闽中旱饥。振龙子经纶白于巡抚金学曾令试为种时，大有收获，可充谷食之半。自是硗确之地遍行栽播。"史实证明，红薯在16世纪末叶从南洋引入中国福建、广东，而后向长江、黄河流域及台湾等地传播。现今中国的甘薯种植面积和总产量均占世界首位。

明代李时珍《本草纲目》记有"甘薯补虚，健脾开胃，强肾阴"，并说海中之人食之长寿。中医视红薯为良药。

这个我儿时习惯叫苕的东西，居然有这么多好处。

现在的大街小巷，到处都有烤红薯的炉子，尤其在冬天，热气腾腾，有很多人会凑去，烤烤火，顺便称两斤烤熟的红薯。

当然，不能吃多了，会放屁。

"蔬菜皇后"是红薯的叶子，嫩的摘来清炒，加干红辣椒、蒜，我们还习惯配少量薄荷。翠绿鲜嫩，香滑爽口。

　　研究还表明，红薯叶大部分营养物质含量都比菠菜、芹菜、胡萝卜、黄瓜等高，特别是类胡萝卜素，比普通胡萝卜高 3 倍，比鲜玉米、芋头等高 600 多倍。 红薯叶具有增强免疫力的功能、提高机体抗病能力、促进新陈代谢、延缓衰老、降血糖、通便利尿、提升血小板、止血、预防动脉硬化、阻止细胞癌变、催乳、解毒、保护视力、预防夜盲的良好保健功能。

　　小孩子是肉食动物，阿布也是，不爱吃青菜，直到他的手脱皮，才有点紧张。我们告诉他，青菜吃少了，缺乏维生素。现在每次吃饭，他都会主动吃点青菜，红薯叶就成了他的首选。

　　红薯在广州几乎四季生长。那次姐夫来，我们炒了红薯叶，他说，这，我不吃。

　　我大概知道他的心理状态，从小就一直当猪草的红薯叶，一下子成了餐桌上的贵宾，无论如何一时两时也难以想通。我也是，到现在也不主动炒它。

　　只要猪草的影子还在，红薯叶暂时在我的蔬菜食谱里排名相当靠后，管你是不是"蔬菜皇后"。

第四辑

家有厨神

多年之后，阿布对于我做的味道，也许就那么两三种口味的记忆。

而对于妈妈的味道，丰富了他整个人生。

如果在外吃上三顿，一定会想念菜园

家有厨神

不知道是自己种的菜太美味，还是我们太热爱做菜了，做菜成了争先恐后的乐趣。如果在外吃上三顿，一定会想念菜园。为了避免每天厨王争霸，阿布自然成了裁判，要表现厨艺，得阿布指定。如果他说：今天不让你炒菜。那简直要悲痛欲绝了。

尤其是，当我们收获了新鲜的蔬菜，都会有种想在厨房露一手的冲动。

只要不是忙得昏天黑地，家里"厨神争霸"的戏，几乎天天上演，人人都想领衔主演。

电影《美味情缘》里，以用料取胜的法国大餐除了鹅肝和松露，还有黄油。凯瑟琳·泽塔·琼斯在片中说，法国菜的三大关键词就是黄油、黄油、黄油。菜农我做菜的三大关键词就是土豆、土豆、土豆。

而自从"小厨神"阿布得我真传，做的土豆片"名满天下"的时候，我已经不再主动提出做土豆片了。阿布美食排行榜里，土豆片一直稳居第一，现在他将排名第一修改为：我自己炒的土豆片。

我也不只是会做土豆片好不好？我还有很多"拿手菜"。

时隔多年之后，老友亚平还偶尔提起：刚参加工作那几年，每逢周末，几个朋友都会在你那儿一聚，你总要炒几个菜给我们改善一下生活，记忆最深的就是炒土豆片、香干回锅肉。

我们那时都特爱吃肉。有个老友做的红烧肉更是堪称一绝，油而不腻，酥香入味，味道之好自不必说，即使已经吃饱，舀两勺这个油汤还可以多吃下一碗饭。这味道，绝对可以和王石的笨笨红烧肉媲美。我也不知道到底有多少女孩子那么爱吃红烧肉。有八卦消息说汤唯爱吃红烧肉，但出街的新闻改为爱吃香菇菜心，说这样显得更文艺。这个新闻有贬低红烧肉品味之嫌。用阿布的话说：装吧你。

年轻人大多爱吃肉，绝大多数孩子更是肉食动物。我小时候曾有个渴望，希望能有一次甩开肚皮吃肉的机会，我一定会干掉一碗。但是，从来没有过这样的好事。直到我已经不怎么爱吃肉的现在。

要说红烧肉，梅果做的客家红烧肉，才是一绝。有个朋友的小孩专门来吃梅果做的红烧肉，我亲眼看见他一连吃了八大块。

武侠小说里，高手出场之前，总得先有铺垫。

正如做菜，真正的厨神出场，是不用那么多讲究的，只需一碟两碟，就足以征服这帮馋鬼。

之所以要回顾那么久远，是因为，最好吃的红烧肉，出自我家。

只要梅果的红烧肉一出，几乎有一统江湖的威力。

这个菜得需要至少两个小时。

我吃过之后，才知道，那个朋友的小孩为什么那么爱吃了。阿布也爱啊，老少皆宜啊。

这红烧肉不过是梅果随便烹制的家常菜。而她自创的秘制蜂蜜鸭，味道更加诱人，只有在过年或者特别的日子，她才会做一次，因为这道菜，也很花时间和精力。还有各种卤菜，鸡爪、牛肉、猪蹄什么的。比超市买回来的好吃一百倍。我们已经不再买卤制品。

作为广东人，梅果的煲汤手艺更让我们大饱口福。几乎每天都有不同的汤，每天不一样，但都那么美味。

梅果现在吃素为主,不常做肉类。但即使是简单的只放油盐的青菜汤,也会做得无比的香甜。

我们常去素食馆。只要她吃到的素菜,都能想办法制作出来,而且比素食馆的味道好多了。

韩国电影《食客2:泡菜战争》里有句台词:"每个人的心中都有一种妈妈的味道,但是每一种味道都不一样。"

多年之后,阿布对于我做的味道,也许就那么两三种口味的记忆。而对于妈妈的味道,则注定丰富着他整个人生。

深井古村小菜园

上周，我们去长洲岛，将深井古村小院"本来面目"的牌匾取下，然后扛着牌匾穿过歧西坊、正吉坊的石板小巷，走向深井码头。开船之前，我双眼用全景模式缓慢地从东往西扫了一遍这个小岛。

还会再来，小院里还有我们种的折耳根。

几年前的冬天，去长洲岛一个画家朋友家玩，他说，我带你们去深井古村转转。

实在是没想到，广州居然有这样的古村落。

青石板铺就的古巷，看得出斑驳的岁月痕迹。

这深井古村落竟有近千年历史。目前留存下来的建筑，大多建于明末清初，村内富有岭南特色的青砖大屋、石板街巷比比皆是，古老的祠堂、斑驳的牌匾、醇厚的粤曲堆砌出浓浓的古韵。

拐过几条巷子，又入一小巷深处，推开门，是一小院。三层小楼，楼顶一片空地，小屋两间。屋顶眺望，四处皆是飞檐老厦，再远处，是蓝色天空。俯视，院内有一棵桂花树、一棵玉堂春、一棵黄皮树、一棵龙眼树，几株山茶。二层楼高了。院子空地长满野草，有水井一口，两米长半米宽青石板一块。清净，幽雅。

好地方。我们内心充满欢喜。这个院子好，不如租下来。平时来打打坐，喝喝茶，怎么样？信佛的梅果说。

当然好。朋友们都强烈表示，如要帮忙，随叫随到做义工。

一拍即合。

下一步，就是将小院按我们的想法布置。

取名：本来面目禅舍。

当然要有佛。

于是在五明佛学院请了几张佛像。佛珠数串，佛经数本，香若干。

竹制茶几一套、茶凳八张、书架六个，订制木床六张。

当然，首先要收拾的，是屋子。这三层小院，两年没有住人。共六间屋子，一个厨房，一间厕所，一个洗漱间。我决定自己刷墙。经测算，买来四桶环保漆，刷子两把。

一到周六，约上朋友，拿上人字梯，开始劳动。尽管自己之前并没有刷墙经验，不过做这事似乎并不难，难的是做决定，当然，刷的光堂堂且均匀，还是需要技巧，仅仅有力气是不够的。用力的均衡、涂料和水的比例，墙面本身的粗糙程度都是要考虑的因素。最要克服的，是如何减少和避免制造灰尘。口罩是必不可少的。最关键的是，我一个老爷们儿，总不能在帮忙的女人们面前老说好难搞好难搞好脏好累，总得举重若轻，才像样子嘛。

我们刷墙，梅果喜欢种菜，于是将那块空地挖了，这地很久没动过，非常板结，得费很大的劲，双手都磨出水泡。

陆续搬了家具来，屋子已经很有模样了。一楼茶室，竹制桌凳，聊天喝茶的所在。朋友纷纷分享家中珍藏。

偶尔也抽空，去芳村花木市场买些花种菜种。二十几个花盆里，也种上了玫瑰、茉莉、橘子和柠檬。

小院子里二三十平方米的小菜园陆续种了豇豆、红薯、折耳根、土豆、薄荷和玉米。

在这里，我们有个很默契的约定——吃素。

有闲的周末，约一些朋友，在小院里喝茶，种菜。

这菜园不大，因为有树遮住阳光，菜生长缓慢，这里的菜少不够吃，我们来时，常常会从自家楼顶摘些时令的蔬菜。每次吃饭，也能凑上五六个菜，每每被吃得精光。

菜园旁的青石板，有时躺在上面看书，不知不觉就睡着了。

这种清静，让朋友们每到周末，只要有空都想来坐坐。常常不舍离开，直到码头最后一班船。

不想竟匆匆数年。

前几日，我们拿着朋友雕刻的牌匾，依然乘最晚这班船回家。虽有不舍，却很平静。我们还会再觅某个清静的所在，重置"本来面目"。

每块菜园都种着故事，每段岁月都沉淀着美好。我一定会回来，不是为了小院里的折耳根，因为我最爱的黄皮，快成熟啦。

日啖黄皮三百颗

我说过，深井古村的小菜园，还会回来，因为，黄皮成熟了。

我一直以为最好吃的水果是樱桃，十堰樱桃。我错了。

直到那年夏天，第一次遇见了黄皮，终于明白什么是青春年少。

那年冬天，深井古村的小院刚刚拾掇好，院子的菜园里，有桂花树一棵，玉堂春一棵，高约五米，有茶花一棵，不到一米高。

还有一棵没有叶子的树，十多米高，却不知道叫什么名字。

到了春末夏初，这树开了花，并不夺目，也就没有在意。直到7月结出黄澄澄的小果实。

他们说，这叫黄皮，好吃得很。

是吗？我将信将疑。吃到嘴里之后，才发现，此言非虚。

这黄褐色，椭球形，表面披着细细的绒毛，白色的果肉内藏着翠绿的种子，剥皮可食。酸酸的，甜甜的，汁多得恰到好处，只吃一颗，就让人神清气爽。

相见恨晚的黄皮。

而这个院子，这条巷子，有好几棵黄皮树，都结得满满的。

最重要的是，我们的黄皮树，可以随便摘，随便吃。

那天，我们大大小小十余人，在这个院子里，用院里的冰凉的井水冰镇西瓜，我们上树摘了两筐黄皮，大家坐在院子里，啃西瓜，吃黄皮。阿布居然在这个巷子里交了两个好伙伴，只要我们一来，他们就自然凑到了一起，做游戏，玩玩具，邻居的孩子甚至会将家里烤好的红薯拿来分享。

那之前，我一直很想念樱桃。色泽金黄、甜酸适口、汁液丰富而具香味，色香味俱佳的黄皮的出现，让我暂时忘记了十堰樱桃的美味。从味道上讲，黄皮绝对不输樱桃，如果说樱桃有胜过黄皮的地方，就是樱桃的形象，鲜亮的红色更为喜庆。

水果，味道才是第一位的，忘了美丽的红樱桃吧。

这美味黄皮，是两广、海南、福建等南方地区独特的水果，别名黄皮子、黄檀子、黄弹子、金弹子、黄批、黄罐子等，已有1500多年的栽培历史。黄皮还有另一美誉叫正气果。果实具有独特的清香，味道酸酸甜甜，让人越吃越想吃，而且满身都是宝，其叶、果和种子等还可入药，是十分有用的水果。黄皮果不像夏季常见的温性水果荔枝、龙眼，吃多了就上火。它性平，味酸、微苦、辛，正如民间评价它是"正气"水果一样，即使多吃也无妨，咳嗽感冒时也可尽管吃。邻居老伯说，这黄皮是"果中之宝"，除了美味，还可以药用，根、叶、果和种子等都可入药，有消食健胃、理气健脾、行气止痛等功效。果皮可消风肿，去疳积。种子可治疝气、蜈蚣咬伤和小儿头疮。

去年梅果还试着用黄皮入菜，黄皮焖鸡、排骨，竟有说不出来的美味。

她甚至学会了制作"蜜制黄皮"，新鲜黄皮，洗净控干，蒸熟后，取出，放入干净的瓶子中，加入蜂蜜，密封保存。两月之后，那味道，真是让人口舌生津、欲罢不能。如果不加蜂蜜，只加盐，就成了腌制黄皮，是厨房特别的佐料。

民间常把荔枝、黄皮并称，更有"饿吃荔枝，饱吃黄皮"的说法。

　　"一骑红尘妃子笑，无人知是荔枝来""日啖荔枝三百颗，不辞长作岭南人"的诗句让荔枝名扬天下，其美名早已远远胜过黄皮。

　　但是，菜农我宁可吃黄皮（我吃荔枝上火啊，黄皮不会）。

　　我和阿布欧洲杯竞猜的奖品，要改为黄皮了。

　　深井古村的黄皮成熟了。

　　这个周末，令人期待。

好一盘美丽的茉莉花

天台除了菜园之外，还有十几个大大小小的花盆，种着火龙果、三角梅、橘子、薄荷、苦刺头什么的。

一场雨过后，好几盆花开了，带了水珠，映照着早晨的阳光，滋润着眼帘。

有一盆，几朵白色的花，安静地开放。

"苦刺头的花原来这么美？"我很惊讶，之前确实没有留意过。

"这哪是苦刺头？是茉莉花。"梅果说，"很多不认识，还装菜农。"

"装菜农，装菜农。"阿布随声附和，哈哈大笑。

很惭愧，我确实不认识，苦刺头和茉莉花猛一看还真的区别不大。

好吧，茉莉花。

"可以吃哦，炒鸡蛋超级美味！"

我自称菜农，知道的太有限了。

虽然喝过茉莉花茶，但是茉莉花做菜，我从没有吃过。

梅果摘了五朵。茉莉花开水焯，捞出迅速过凉，轻轻挤掉水分。鸡蛋四枚，搅拌。加油，热锅，炒蛋花，放入焯好的茉莉花，翻炒均匀加盐即可。

黄灿灿的鸡蛋加白色花瓣，香气扑面而来，有着独特的回甘，甜润。

好一盘茉莉花，吃起来也是香不过它。

虽然我好奇心没那么强，但是，求知欲还是很旺，不能让 8 岁的小屁孩阿布小瞧了菜农不是？得了解茉莉花。

据说中国能吃的花，有数百种。耳熟能详的茉莉花，也是好食材之一。

茉莉花别称茉莉、香魂、莫利花、柰花、没丽、末丽、没利、抹厉、末莉、末利、木梨花、小南强，原产于印度和巴基斯坦等地，我国很早就引种了。其药食同源的历史也相当久远。

菜农粗浅的认识，中国大多植物，都更多更早见于药书，早于食谱。茉莉花亦如此，药书多有记载其解毒理气止痛之功效：《食物本草》："主温脾胃，利胸膈。"《药性切用》："功专辟秽治痢，虚人宜之。"《本草再新》："解清座火，去寒积，治疮毒，消疽瘤。"《随息居饮食谱》："和中下气，辟秽浊。治下痢腹痛。"《饮片新参》："平肝解郁，理气止痛。"而食用记载较药书少，明《饮馔服食笺》记："茉莉花嫩叶采摘洗净，同豆腐熬食，绝品"。

梅果说，要晒点茉莉花，用处多着呢。

茉莉花是花中的精灵，是纯洁素雅的象征。它的花香芬芳、淡雅，萦绕回转，悠扬不散。它的花语表示忠贞、尊敬、清纯、质朴、玲珑、迷人。许多国家将其作为爱情之花，青年男女之间，互送茉莉花以表达坚贞爱情，也作为友谊之花，在人们中间传递。古人爱戴茉莉花，留下了许多赞美诗。"天赋仙姿，玉骨冰肌。向炎威，独逞芳菲。轻盈雅淡，初出香闺。是水宫仙，月宫子，汉宫妃。清夸苦卜，韵胜酴醾。笑江梅，雪里开迟。香风轻度，翠叶柔枝。与王郎摘，美人戴，总相宜。"（宋·姚述尧《行香子·茉莉花》）"冰雪为容玉作胎，柔情合傍琐

窗隈。香从清梦回时觉，花向美人头上开。"（清·王士禄《咏茉莉》）

现在头上爱插花的人倒是少了，但是，作为如此清新的花朵，我们有时把它作为室内盆景，有很好的空气清新效果，能闻到满屋的、淡淡的香味。

"一卉能熏一室香，炎天犹觉玉肌凉"，南宋诗人刘克庄的诗《茉莉》是在这种情景下写的吗？

十谷粥是我们的早餐之一，今天早晨的十谷粥，居然飘着几个花瓣。

是茉莉花。

我不知道，今天的晚餐，梅果又会带来什么新的惊喜。

栀子花瓣雨

整个夏季，楼顶菜园都弥漫着清香。

是栀子花，白色的栀子花。跟很多花不一样的是，栀子花的味道是强烈而清新的。

我们只种了两盆，但散发的香味让整个楼顶的空气沁人心脾。

最令我惊讶的是，栀子花居然是一盘鲜美的好菜。

除了水仙之外，我最喜欢的花是栀子花。

上高中时，跟哥哥住在小巷子里。这巷子的一套平房是哥哥单位分的，离我上学的竹溪一中只有数百米，是个开放式的院子，大约住着五六户，院坝较宽敞。冬季，屋子里的盘子里一定会是水仙，那大概是多年来唯一的花朵。之前的屋子不大，没有地方，只好在室内摆布，直到搬到这个巷子，有地方养花了，哥哥的闲情逸致终于有了一点点用武之地，于是搬了很多花盆，养花。他这个爱好随着年纪增长愈发痴狂，现在常常买一些叫不出名字的植物，根雕，奇石。

那个春天，花盆里开了白色的小花朵，散发出直入心脾的香味，如果凑近，你会被这种浓烈的香味醉到。还有这么香的花！我不多的关于花的印象，如此强烈。嫂子是个心地善良、直来直去的人，那时刚怀着侄子，因为是农业局的科技人员，经常要跑很多路，到乡下去

160

指导传授春耕种植技术，有次竟也带回一盆栀子花，让我印象深刻。而下暴雨的时候，我们为了让花朵免受暴雨的袭击，会将花盆搬到屋檐下遮雨，但风依然很大，免不了将花瓣弄撒一地。

你们知道吗，栀子花是可以吃的，味道很好，可惜花都碎了。嫂子很惋惜地说。

再一次花季，我已经到外地上大学了。直到多年之后，第一次吃到栀子花是今年夏天。

虽然梅果平时工作很忙，但是，只要有时间，她就会打理菜园，用她自己的话说，种菜是很好的休息，闻到泥土的味道是最好的放松。有空做菜，也会不断研发尝试新的菜品。栀子花做菜就是一种新的尝试。她将摘下的栀子花瓣洗干净，炒好土鸡蛋，再把栀子花放入其中翻炒，不一会儿工夫，一盘栀子花炒鸡蛋就做好了。栀子花的花香和鸡蛋的蛋香完全融合在一起，新鲜而美味。阿布的评价是，100分。那天他就着栀子花炒蛋多吃了半碗饭。凉拌的话，需要焯水。将栀子花去杂洗净，放入沸水中一过，捞出沥干水分，晾凉，置于盘中，撒上葱花、姜丝，浇上香油、老醋，酌放食盐，搅拌均匀即可。阿布不吃姜，如果他吃我们就不放。

蒸鸡蛋羹，用花瓣撒在面上，即可调味，又可以点缀。

梅果爱花，平时爱自己插花，很简单的花经她一摆弄，简单的瓶子罐子也能装点得很有意境。我们自己也订了花，每周送一次。

上次收到一束，拆开一看，是栀子花，有说栀子花的花语是"永恒的爱与约定"。大意是因为此花从冬季开始孕育花苞，直到夏季才会绽放，含苞期愈长，清芬愈久远；栀子树的叶，也是经年在风霜雪雨中翠绿不凋。虽然看似不经意的绽放，也是经历了长久的努力与坚持。或许栀子花这样的生长习性更符合这一花语。不仅是爱情的寄予，持久、平淡、温馨的外表下，蕴涵的是美丽、坚韧、醇厚的生命本质。

忙乱的 8 月，我居然很久没有仔细观察天台的菜园了。

昨晚上去浇菜，发现很多菜已经换了季。

弥漫在楼顶两三个月之久的栀子花的清香味道已经散去。

栀子花呢？

早就开完了，你这菜农快要装不下去了吧。梅果说。

忽然想起，上次台风来袭，早上上楼看菜园，栀子花瓣雨，已撒落一地。

温暖如姜

　　让我们百思不得其解的是，为什么我们种的生姜长得好好的，禾都长到一米高了，叶子却几天变黄了，像是晒干的样子。

　　问有经验的邻居，得到的答复是：你们是不是倒了有油渍的东西在地里？姜一沾油就不长了，干枯。回忆起来似乎是倒过一次厨余做肥料，可能就是沾了点食用油。

　　我们之前很想种点阳荷姜的，一直没有找到种子和苗。春天的时候把生姜块种在大约两平方米的地里，一两周就陆续长出了小苗。长到夏天，因为天天浇水，暴晒都没有出问题，但是油渍彻底伤害了生长旺盛的姜苗。没文化，真可怕。

　　姜还刚刚生长，处于幼儿期，我们只好把这片地全部挖了，收获嫩姜两筐。

　　不过，嫩姜也不错。不仅仅可以当佐料，还可以直接炒来吃。切成薄片，和肉片一起炒，没有老姜那么辛辣，只是淡淡的姜辣味，脆嫩爽口，还能尝出丝丝甜味。

　　我做菜，配料不多，佐料排行榜辣椒稳居第一，生姜可以排在第二位。清蒸鲈鱼，必须放姜丝祛腥，几乎所有的肉类煮汤（骨头汤、鸡汤），都可以放姜一起煮，是去掉异味的最佳调料。水煮青菜，捞起，放点酱油，姜丝更是必不可少。

姜的好处真是太多了。《本草纲目》中有"姜辛、微温、无毒"，"除风邪寒热、益脾胃、散风寒、止呕吐、治反胃"等记载。在我国民间有许多赞誉生姜功效的谚语，如"冬吃萝卜夏吃姜，不用医生开药方""冬有生姜，不怕风霜""早吃三片姜，胜似喝参汤""十月生姜小人参""家备小姜，小病不慌""夏季常吃姜，益寿保安康""四季吃生姜，百病一扫光"等，都反映了生姜的功效。

偶尔的头疼脑热，梅果也会熬制姜汤，喝一碗，睡一觉，出出汗就好了。

客家女性"坐月子"，有吃黄酒鸡的传统。孕妇"坐月子"期间只吃一种主菜：黄酒鸡。用农家黄酒焖整只土鸡，不放任何佐料，除了姜。一天一只，我记得8年前梅果生阿布后一连吃了40多只土鸡。补气血，补营养，性甘温，这大补美食吃得梅果几年不想见到鸡，好在现在恢复正常了。

自古爱姜之人比比皆是。北宋大文豪苏东坡为官钱塘，从净慈寺访得"姜乳饼"制法。与顾炎武、黄宗羲并称明清之际三大思想家之一的王夫之，更是姜的粉丝，先生字而农，号姜斋。晚清湖南人左宗棠一生爱吃鸡，尤其爱吃家乡美味"嫩姜炒仔鸡"。印度人是不可一餐无姜，因为咖喱的主料就是黄姜粉。

离我家3千米外的黄埔古港，一到周末，只要有空我们都会带阿布一起徒步去，当然，最具诱惑力的还有那家祖传的姜撞奶。

姜撞奶这种以姜汁和牛奶为原料加工制作的特色甜品小吃，我之前几乎不吃，但5年前吃过一次之后就上了瘾。口感滑嫩，风味独特。每去必点，百吃不厌。

制作姜撞奶是有技术含量的，我仔细观察过小店的做法：榨姜汁，盛1汤勺到碗里，取新鲜牛奶加热，加糖搅拌均匀，迅速将牛奶倒

（撞）入盛有姜汁的碗中，1分钟后凝固成姜撞奶。

　　我们曾回家试着制作了一次，榨姜汁，加热牛奶，撞，却没有成功，至今不明原因。

　　上个周日，梅果又制作了祛寒早餐：黄酒煮鸡蛋花，加红糖，放了较多的姜末。阿布不爱姜的辛辣，但他还是坚持吃了一碗，因为他受了风寒。这热气腾腾的鸡蛋黄酒姜汤，吃得他直冒汗。

初种紫贝菜

种菜的快乐还在于分享。那次给一个老朋友拿了一点自己种的菜，老朋友很开心。我刚回到家就接到电话：那把青菜是什么菜？怎么吃？

一下问住我了，名字曾听过，忽然短路想不起来了。因为这也是我第一次摘，还没有开始吃，想让朋友尝个新鲜。

只好问梅果。答案是：紫贝菜，可以炒，可以煮青菜汤。她对我装菜农已经忍无可忍了，笑我：老说自己是菜农，种了什么不知道，菜长那么高了也不知道。我只能呵呵。

我真的不知道是什么菜，因为之前从来没见过，更是没有吃过。这菜是梅果从邻居那里移栽的，我负责浇水，好像说过一次名字，但没记住。反正是我的菜，敢在我地里长，我就敢摘敢吃敢分享。

不过真得反省，紫贝菜长到快到碗里了，我还不明白它叫什么名字、怎么吃。我种菜，确实没有梅果专业和花心思——她说种菜是无比的乐趣，我不能剥夺她的欢乐，要留给她更多机会不是？我做的力气活更多，细活她做的多，包括规划、换茬、选种、育苗等。我挑水她浇园，但现在是自来水，不用挑了。

那次给朋友摘的，因为很嫩，叶子两面的颜色都是青的，还看不出明显的"紫"。紫贝菜成熟了，叶子一面是紫红色的，一面是青灰色的，大约四五十厘米高，掐摘一株顶端最嫩的三四片叶子来吃。紫贝菜生长期很长，整个夏秋季，四五个月都有，现在也正是季节。

这紫贝菜原产我国，主要生长在南方地区，别名很多：紫背天葵、红凤菜、红背菜、红番苋、红毛番、红菜、叶下红、红玉菜、血皮菜、血匹菜、当归菜、观音菜、木耳菜等等，可药食两用。这是一种高植物蛋白的菜品，可以为人体提供身体所必需的蛋白质，另这种菜品的抗坏血酸还可以中和人体中的有害成分，减少血管紫斑的出现，经常食用则可以起到补虚和去火的作用。紫贝菜中的微量元素含量也很高，其中铁和铜的含量最出色，可以起到预防贫血和其他缺铁症状出现的作用。据《全国中草药汇编》中记载：紫贝菜有治咯血、血崩、血气亏、支气管炎、盆腔炎、中暑、阿米巴痢疾和止血等功效。尤其适合女性，不仅能活血，让女性气色红润，还可以清火，缓解女性痛经、气血亏等症。

紫贝菜，我们通常直接炒来吃（这里的"直接炒"是相对青菜加肉片一类的炒法来说的，大多数青菜不用掺肉，保持原汁原味最好）。洗净，炒时烧热油锅，加点姜丝、红鲜辣椒数片，放入手扯（不用刀切）的紫贝菜，翻炒变色变软，两三分钟即可。炒青菜时间不易久，免得炒死了，也不易放太多，不需要满满一大盘的量，中盘小盘的量为佳，这样，青菜在锅里可以平均受热，不至于有的菜熟了有的菜还没沾到锅，菜量太多，冷热不均，结果是菜在锅里"窝气"，炒出来影响味道。菜量适中，翻炒受热均匀，很快起锅，青菜的原味保持得完好。嫩滑，芳香，新鲜。用来煮汤，除了姜丝、油盐，其他的什么也不用放，滚水下锅，煮熟即可。如果凉拌，开水焯下就捞起来，加点调味的生抽即可，鲜香味美。

　　第一次种紫贝菜，春天移栽菜苗后，只浇了水，它们就不知不觉地长大了。吃到自己炒的紫贝菜，印象非常深刻，不仅仅是尝到了从未体验的味道，而且联想到红苋菜，炒红苋菜汁是红色的，紫红色叶子的紫贝菜汁的颜色不是紫红色的，紫贝菜不染色。

　　巧的是，种的十几株，掐来炒，正好一小盘。当然，最开心的是掐了又会再长，不几天，又有鲜嫩的可以吃啦。

苟富贵，食莴笋

这个 3 月，当很多菜都在发芽出苗的时候，莴笋已经葱郁茂盛，长到半米高了。

随时可以摘取，莴笋便成了我们随手可摘的青菜。

青春期的莴笋叶，有三四十厘米长，风华正茂，鲜嫩无比。

一场雨之后，莴笋叶愈发滋润。摘两三棵莴笋的叶子足够一盘了。

当然以清炒为首选。

刚摘的莴笋叶嫩得弹指可破。洗净，切成 1 厘米左右的碎片（也可以用手揪成寸片，但从口感上，碎片比寸片略好），切姜丝少许（也可以放干红辣椒丝）。猪油（炒青菜猪油比植物油稍好）适量，烧热锅，加姜丝翻炒五六下放切好的莴笋叶，因为很嫩，炒几下叶子变色即可，加盐，盛起可食。

其味道鲜嫩爽口，丝丝香甜，趁热吃更为美味。

很少吃青菜的阿布，也会留意提前打招呼：别吃完了，留点青菜！他吃饭速度稍慢，不提前提醒，一般情况下，青菜（当然，不仅仅是莴笋叶，可以选择的很多哦）会最先被"光盘"。

你绝对想不到，莴笋皮的美味，跟叶子相比，有过之而无不及。

梅果的吃法，堪称一绝。我长这么大，第一次这么吃。

她把莴笋皮撕下（能撕得更嫩），或用刀劈下来，浸泡半天或一夜，水煮熟后捞起，冷水浸泡，再用蒜、辣椒、薄荷爆炒，美味至极。

这种吃皮法不仅适用于莴笋，苦麦、莜麦皮也可如法炮制。

关于这种吃法，她告诉我说：废物利用做出的人间美味，是童年记忆最深的味道。现在已经很少有人会做这道皮菜了，莴笋头、皮基本都是被丢弃，她一旦遇到，都要收藏，如获至宝，然后做一道美味的薄荷炒莴笋皮。

我们对莴笋本来的吃法，当然也不陌生，比如，清炒莴笋丝，和干红辣椒丝一起炒，从视觉到味觉，皆为绝配。

在我的儿时的记忆中，吃莴笋，是不吃叶子的，更不用说吃皮了。只吃剥出的赤条条青莴笋，切片，切丝，切块。

现在想来，真是太浪费了！

有数据显示，莴笋叶的营养远远高于莴笋茎，叶比其茎所含胡萝卜素高出 72 倍之多！维生素 B1 是 2 倍，维生素 B2 是 5 倍，维生素 C4 是 3 倍，那个年代，莴笋叶居然丢弃不吃，简直暴殄天物。

莴笋皮呢，其营养也不小于莴笋。

当然，吃的时候是没有想过它的功效的，主要是味道的吸引。

这莴笋，别称青笋、茎用莴苣、莴苣笋、莴菜、香莴笋、莴苣菜、香马笋、千金菜。莴苣原产地中海沿岸，公元前 4500 年时莴苣在地中海沿岸栽培普遍。16 世纪在欧洲出现结球莴苣和紫莴苣；16 ～ 17 世纪有皱叶莴苣和紫莴苣的记载。莴苣约在 5 世纪传入中国。宋陶榖《清异录·蔬》："呙国使者来汉，隋人求得菜种，酬之甚厚，故因名千金菜。今莴苣也。"

关于莴笋，还有一个很有意思的传说，据《清波杂志》记载，五代时有一名为卓奄的和尚，靠种菜卖钱度日。某日中午在地旁小睡片刻，忽然梦见一条金色巨龙飞临莴苣地，啃食莴苣。和尚猛醒，抬头朝莴苣地望去，见一相貌魁梧伟岸之人正欲取莴苣。他便取了大量的莴苣送给这个陌生人。并叮嘱说：苟富贵，勿相忘。那人答道，异日如得志，定当为和尚修一寺庙以谢今日馈赠之恩。此人就是宋太祖赵匡胤，即位为帝后，果然在此修"普安道院"。

莴笋吃出一代天子，终归是个传说。不过，无论富贵与否，多吃莴笋总是有益。

因为莴笋营养极为丰富，含有碳水化合物、蛋白质、脂肪、大量膳食纤维、钾、磷、钙、钠、镁、叶酸，以及维生素 A、B1、B2、B6、E、K 等。不同于一般蔬菜的是它含有非常丰富的氟元素，可参与牙和骨的生长，又利于幼儿发育。还有催乳汁的作用，炖汤给孕妇食用效果极佳。其药用价值更不可忽视，利利五脏、通经脉、开利胸膈、消积下气、消食减肥、强壮机体、防癌抗癌的作用。还可以去除口臭，使牙齿变白，使眼睛明亮。莴笋含钾量较高，有利于促进排尿，减少对心房的压力，对高血压和心脏病患者极为有益。肥胖、高血压、心脏病等大多属于"富贵病"范畴，多食莴笋，百利无害。

对于我们来说，唯一遗憾的是，种得太少，且不施肥，显得瘦小。

但是，这是百分百纯天然，有机健康蔬菜哦。我们让它真正实现了它别名"千金菜"的真实身价。

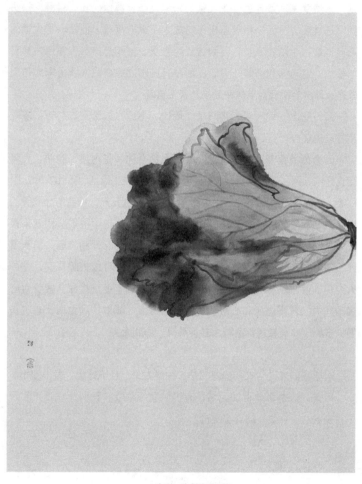

生菜 生熟都是菜

生菜的荣耀

种菜的坏处就是，吃的菜再也不香了，除非自留地出品。即使煮水饺，也要摘点青菜放进去，这才是真的香。

这个冬季，我经常放的青菜，是生菜。

这生菜，又称鹅仔菜、唛仔菜、莴仔菜，竟也是舶来品，原产欧洲地中海沿岸，由野生种驯化而来。古希腊人、罗马人最早食用。生菜传入中国的历史较悠久，东南沿海，特别是大城市近郊、两广地区栽培较多。

相比韭菜、红薯、折耳根这些适应性强的蔬菜，生菜对生长条件还是有要求的，它喜冷凉环境，既不耐寒，又不耐热，生长适宜温度为 15℃～20℃，高于 30℃时几乎不发芽。

生菜对土质也有要求，得用富含有机质、保水保肥力强的黏质土壤。

我们的黑土是从东北拉来的，应该可以吧，再说我们看重你，是你的造化，我种了你，你就得长。广州秋冬时节，是生菜最好的季节。楼顶的菜园一半是生菜。

它当然也长，不过跟菜场很多生菜比起来，略显娇小。

因为叶子非常薄，刚采摘的生菜显得格外鲜嫩。

我们的做法一般有两种：

清炒。洗净，揪成两三段，请注意是用手"揪"，不是用刀"切"，放油，植物油，最好是农家自榨天然花生油，干辣椒丝，炒几下，放盐，即可起锅。这种清炒法可以放蒜瓣（不放亦可，根据情况）。

味道，无可挑剔！鲜，脆，嫩，爽，还有丝丝甜味哦。

还有一种做法，凉拌。只需要在开水中焯一下，捞起来，放点生抽即可食用。凉拌菜时到底用生抽还是老抽？是生抽，老抽的主要作用是调色，生抽调味。我错放了很多次才记住，经验很重要啊。

凉拌，也可以根本不需要用开水焯，直接洗干净就可以生吃，味道也很鲜美。

阿布居然学会了生菜沙拉。那次买了面包，他说，我要做汉堡包。并积极备料：现有的生菜、青瓜、西红柿、辣椒。我们一起合作，梅果将生菜掰成不规则片状，黄瓜、西红柿切成片，辣椒切成丝，然后放在盆里搅拌，放花生油、盐、醋，最后再放沙拉酱。阿布说，做汉堡最好有肉片啊，我们吃素较多，冰箱的鲜肉没有库存。我说，我来煎鸡蛋吧。

于是，生菜沙拉加鸡蛋饼的汉堡总算大功告成。

生菜不仅味道好，营养价值更是丰富，维生素 E、胡萝卜素等，能保护眼睛。含有丰富的维生素 C，具有美白的功效。生菜中含有甘露醇等有效成分，有利尿和促进血液循环、清肝利胆及养胃的功效。生菜中的膳食纤维等营养物质含量很高，常食有消除多余脂肪的作用，所以生菜又有"减肥生菜"的美誉。

最特别的是，生菜中含有干扰素诱生剂，可以刺激人体正常细胞产生干扰素，抵抗病毒，提高人体的免疫力。还含有一种叫原儿茶酸的物质，它对癌细胞有明显的抑制作用，尤其在抵制胃癌、肝癌、大肠癌等消化系统癌症方面，效果显著。

在广东南海狮山镇官窑一带，有一个独特的民俗文化，是延续近600年的"官窑生菜会"。每年正月二十六为观音开库之日，信众赶往观音庙借库或还库，有吃生菜包的习俗，以求子孙、求发财，逐渐便形成了"生菜会"的习俗。善男信女进香后，到庙后空地买生菜、吃生菜包，取其"包生"之意。当时吃生菜包必须席地而坐，炒几样风味小菜，用生菜包着吃，每样小菜都有吉利寓意。据说，生菜会之日吃生菜包，则一年顺景，人财两旺。官窑生菜会现在改为正月十五元宵节举行。每年都举办"千人生菜宴"，成为融经济文化娱乐于一体的新型的民间文化盛会。

吃生菜吃成了民俗，全国罕见。我见过的几乎所有的自助餐厅，生菜都是必备菜品，对于菜来说，这也是莫大的荣耀。

菜心的幸福指数

家住增城的老乡第一次见面就送我一箱高脚菜心。这位美丽大方的老乡姐姐说：这是增城特产，味道不错的，尝尝。

真是太惊喜了，这增城菜心，实在是人间难得的美味。

增城高脚菜心为冬天种植和收成的蔬菜，经过三四个月才能收割，因其时至深冬才上市，比一般菜心要迟，所以又称为迟菜心。俗话说："冬至到，菜心甜。"加上今年冬季广州天气比平常更冷，长出来的菜心皮脆肉软，茎肥叶厚，煮炒快熟，吃之甜美，很有菜味，非一般菜心可比，因此，增城菜心被誉为"菜王"。

自从两年前吃过一次增城硕大的菜心之后，一直念念不忘。我去年秋季试着种了一些，但是，我的菜心，长不到那么高大，就开花了。

这增城菜心，可以长多高大？一般的菜心十来棵一斤，这增城菜心可以长到 $1 \sim 1.5$ 米，一棵四五斤是很正常的，所以广州也有人称之为"菜树"。神奇的是，这么高大的菜一点也不老，叶子、茎很嫩，炒着吃，香脆甜爽，风味独特，营养十分丰富，含有丰富的维生素、钙、锌等多种营养成分。具有稀释清除肠道毒素，医疗便秘，预防肠癌，美容保健，改善身体免疫力，增强免疫力的功效。晒成的菜干更是上乘的汤料，汤味甘醇，菜香特浓，具有清心润肺，去热解毒的药效。

增城菜心已成为国家地理标志产品，在每年的冬至期间，增城会举办"菜心美食节"，成为当地颇具特色的文化经济活动。

而在广东的连州，也有"菜心节"，连续举办了多届。跟增城"高脚菜心"不同，这连州菜心大概就是我们通常意义上的菜心，小菜心，也叫广东菜心，又称菜薹，属于广东、广西一带的特产，北方地区种植较少，在我上大学之前，几乎没有吃过这种菜。

这菜心品质脆嫩，风味独特，营养丰富，每百克食用部分含维生素 C79 毫克，并有清热解毒、杀菌、降血脂的功能。每 100 克菜心鲜样可食部分中含蛋白质 2.2 克，维生素 C 有 49 ~ 83.7 毫克，胡萝卜素 1.83 毫克，另外还含有多种微量元素。

我爱上广东菜，就是从菜心开始的。现在白灼菜心也成为我们的家常美味，做法也很简单：选新鲜的嫩菜心，将菜心放入沸水中煮，时间不能久，变色即可，然后捞起放入碟内，加天然花生油少许，生抽，即可。这是我最爱的吃法和做法。简单，新鲜，脆嫩，爽口，仔细闻，还有一丝香甜。

关于菜心的吃法，我首选白灼，增城的高脚菜心，首选吃法是炝炒，其香甜更为鲜明。最近发现一种新的做法和吃法：冰镇菜心头刺身。鲜嫩菜心的下段和中下段菜梗，撕去外皮，切段。然后清水煮沸，将菜心放入，稍微焯水即捞起，放入备好的冰块中搅动，让菜心均匀冰镇。几分钟后，将菜心整齐摆放在冰盏内，配上芥辣和酱油。冰盏被一长叠黄瓜切片隔开，四周以红辣椒圈和柠檬片装饰。菜心头刺身口感清爽，菜心本身自带清甜，焯水后迅速冰镇，又让其口感更为脆嫩，配上芥辣的微微冲鼻感，食之令人顿觉神清气爽。

美食家蔡澜在《素之味》一书中提到菜心说："夏天的菜心不甜，又僵硬，不好吃。所以南洋一带吃不到甜美的菜心。入冬，小棵的菜心最美味。"

很显然，这是指小菜心，广东菜心。

春节期间的新闻说，广州菜心每斤 20 多元，这让菜农的幸福指数倍增，菜农就这点出息。

香菜的诱惑

　　我一直以为，香菜跟"香"关系不大，因为近些年，吃的香菜，只是"菜"没有"香"。但是那次摘了自家种的香菜之后，猛然发现，香菜，真的有股香味，这香味，扑鼻而来，我一般并不喜欢太浓烈的味道，但这股香味浓烈而清新，很让人食欲大开。

　　这是久违的味道！味觉瞬间回到小时候的"芫荽辣子"，是母亲用芫荽和辣椒剁碎搅拌的调味品，而这个时候，多半要吃羊肉或者懒豆腐（将刚做好的豆腐切成块和大米一起煮成稠粥）了。在儿时的记忆中，羊肉和豆腐是只有在过年期间才会烹制的美味。

　　我差点忘记了芫荽就是香菜！

　　这香菜，对我来讲，几乎是百搭。清蒸鱼、酸菜鱼、水煮鱼、水煮牛肉、香辣虾、香辣蟹、拍黄瓜、牛肉面、酸菜面、热干面、清汤面、酸辣粉，都可以加香菜为佐料。资深的大厨朋友说，香菜最好不要跟猪肝、猪肉、甜椒一起吃，而羊肉汤加香菜，几乎是绝配。

　　凉拌香菜，更好。这或许就是气味相投？

　　香菜的味道有人天生拒绝，身边就有这样的朋友。究竟什么原因？美国的一些遗传学家们曾有个实验，找来两万五千个人做样本，他们观察了其中不爱吃香菜的人的 DNA，结果，在他们的负责味觉的基因群附近找到一种叫作 OR6A2 的嗅觉受体基因。这种基因能够很敏锐地接收到香菜里的醛类物质，也就是香菜特殊味道的来源。这就是排斥的原因。还有一个有意思的调查，全世界约有 10% 的人不爱吃香菜。亚洲人的比例最高，有 21%。排名第二的是欧洲人，有 17%。14%的非洲人讨厌香菜。拉美、中东还有南亚只有 7% 的人不喜欢香菜。

道家的五荤，《尔雅翼》曰"道家以韭、蒜、芸薹、胡荽、薤为五荤。"其中的胡荽就是现在所谓的"香菜"，不辛不臭而将其列为道家五荤之一的始作俑者，体内一定有 OR6A2 的嗅觉受体基因，不然，实在难以解释。

很显然，我没有这个基因。我吃香菜可以大口大口地吃，冬天如果吃火锅，香菜是必点的，但吃香菜不能煮，在开水里烫一下即可，水越煮越难以嚼烂，味道尽失。

香菜产量低，在春节期间的寒潮之后，价格猛涨，据说某些地方香菜的价格涨到上百元一斤，简直超出了我的认知。难怪我在面馆吃面，常常要求加香菜而受了不少埋怨：香菜很贵的。

这个叫芫荽的香菜，又叫芫蒨、胡菜、原荽、园荽、芫茜、胡荽、莞荽、蓡荽菜、蓡葛草、满天星（不是那种叫满天星的花哦），北方一带人俗称"芫荽"。香菜是以茎和叶为菜肴调料的栽培种，为一年生草本植物，原产地为地中海沿岸及中亚地区，中国在汉代由张骞于公元前119年引入，在《齐民要术》中已有栽培技术和腌制方法的记载。《本草纲目》称"芫荽性味辛温香窜，内通心脾，外达四肢"。现大部地区都有种植。

香菜全年都有种植，但以秋、冬季的品质较好。它营养丰富，主要营养成分有蛋白质、胡萝卜素、钙、磷、铁等。经科学分析，香菜中胡萝卜素的含量为番茄、黄瓜、茄子、菜豆的 10 倍以上，钙、铁的含量也高于其他许多叶类蔬菜。此外，香菜嫩茎叶中还含有甘露醇、正葵醛、壬醛和芳樟醇等一类挥发油物质，这是它有特殊香味的主要原因，具有刺激人的食欲，增进消化等功能。

每天吃点香菜就能很好地为肾脏排毒。用香菜给肾脏排毒的最佳方式是饮用香菜汁。具体做法为，将香菜洗净切碎，放入锅里加水煮10 分钟。然后把煮过的香菜放凉，滤出叶子即可饮用。当然，还可以把香菜汁与其他水果汁混合成果蔬汁，味道更好。喝不完的香菜汁，放在冷藏室里保存即可。

全国大部分地区一年四季都可以种植香菜，但在广州，夏季不长。我一直觉得，我们的香菜，种得太少了。总觉得不够吃。现在，已经被我拔得只剩下了一两棵。梅果说，得留种，下一茬多种些，让你吃个够。

有时候，人对某种味道的迷恋是莫名其妙的。自己种的这香菜的味道，对我而言，简直就是一种巨大的诱惑。

越陈越香狗仔豆

播种一周之后，狗仔豆发了芽。

这一周里，我们天天浇水，阿布也天天到楼顶去观察，看到刚出土的小苗，阿布十分雀跃。

为什么叫狗仔豆，没有更好听的名字吗？我问。

梅果说，我从小就叫它这个名字，学名是什么你可以查查。狗仔豆在我们河源老家是一种野藤，野生野长，我们会将它摘来吃。从小就爱吃，味道好极了。我一直觉得狗仔豆是人间佳肴。

两年前她说这句话时我颇不以为然，那天她做了一盘灰不溜秋的名叫焖狗仔豆的菜，说，你一定没吃过，最美味的狗仔豆，我小时最爱吃的。

我用满是疑问的眼神看着她：是不是啊？心里想，我也吃过豆子好不好？

将信将疑，否定的成分更多。但是，当我吃过之后，才发现此言非虚。

这个菜说是"豆"，其实没有豆只有豆荚壳的干（为便于理解，可以类比为陈皮），梅果最喜欢的做法是用豆瓣酱、紫苏焖狗仔豆干。第一次吃，感觉是越嚼越香，有了不错的第一印象。

这两年，焖狗仔豆也成为我们的家常菜之一。我甚至学会了制作。焖狗仔豆（更准确的说法是狗仔豆的豆荚壳干），制作要领两个字，"泡"和"焖"。由于豆荚是陈年的，干且硬，"泡"很重要，至少半天或者一夜，再清洗干净，切成段（一个豆荚分两三段，不宜太碎），然后是"焖"，放油，下锅，放水，水位以盖住狗仔豆为妥，同时放豆瓣酱，小火，至少两小时之后，水气焖干，放紫苏或者少许薄荷炒，放盐少许，盛起即可食用。狗仔豆的有韧性的脆，陈香，酱香，豆瓣香，紫苏或薄荷香，越嚼越香，经久不息。很下饭，不流氓（陈晓卿老师说过，"一切不能拌饭的菜都是耍流氓"）。

吃过几次之后，竟然对这个菜很期待。得了解下它的底细。

狗仔豆，什么来头？

狗仔豆，客家人又叫虎老豆、古佬豆，是客家地区乡野间一种不起眼的野菜。因果实（豆荚）形似狗爪，故名"狗爪豆"。中国台湾地区叫虎爪豆、富贵豆、黎豆。各地叫法不一，还有称虎豆、狸豆、巴山虎豆、鼠豆、毛黎豆、肾豆、圣豆、花豆、皇帝豆、招财豆、荷包豆等等。原产地有说南美洲，有说南亚东南亚，现在中国南部地区都有种植。《浙江天目山药植志》称其："性温，味甘微苦，有小毒。"该物种为中国植物图谱数据库收录的有毒植物，其毒性为嫩荚和种子有毒，经2～3日浸泡或煮沸后浸泡一天可做蔬菜食用（毒性类似未煮熟的四季豆），是补肾良药，《浙江天目山药植志》载："温中益气。治腰脊酸痛。狗仔豆二至三两，炖猪腰子服。"

狗仔豆一般春季种植，我们家的刚刚出苗，我们已经准备了竹子，搭架供攀藤之用，到秋季才可收获。不过，刚采摘回来的鲜狗仔豆不可以马上食用，这样很容易中毒的。一定要泡半天或一夜，再煮熟，煮汤烂熟。

用狗仔豆鲜豆炖老母鸡、炖排骨、煲猪腰、煲狗肉，不仅味道鲜美，而且滋阴去湿健脾补肾。

煮熟捞起后可凉拌，爆炒亦可。

晒干的豆荚干，用瓦罐装好封存，具有越陈越香的效果，药用、食用价值也随着时间的增长，补肾、祛湿的功效就越大，这很像普洱茶或者陈皮，越陈越香，价值越高。

在这个"全民肾虚"的时代，狗仔豆壮阳补肾的功能被不断强调，不断彰显，有叫"植物伟哥"，有称"天然肾宝"的。加上其味道醇厚鲜美，营养丰富，确有强肾抗衰的功效，所以，狗仔豆也越来越受欢迎。

也许在不久的将来，土豪们已经很少有人再提八二年的拉菲，一百年的老茶，而是在点餐时吆喝：

"来一盘狗仔豆，八二年的！"

种瓜得豆

　　总有朋友问，为什么我们家的南瓜要像种豇豆一样用小竹子搭架子？

　　我们笑称，这种用种豆子的方法种南瓜叫"种瓜得豆"。

　　其实，搭架子的目的，一来可以提高菜地的利用率，很简单，南瓜藤爬到架子上就等同向空中拓展了空间，这样南瓜可以种得更密集。二来南瓜藤逐级往上爬，上面的叶子挡住了下面叶茎的阳光，下面的叶茎便会长得又嫩又白又甜又脆又爽，这样便可以提高南瓜藤的食用率，为咱家餐桌提供更多的美味。

　　小时候，南瓜是我们餐桌上的主要角色之一。

　　喝南瓜粥一直是我的一大爱好，白粥放南瓜一起煮，小米粥与南瓜更是绝配。没有南瓜，小米粥的味道便会减半。

　　好吃的南瓜，甜，腻，面，胶，快熟，但不容易煮化。从外表看，好吃的南瓜，要老，要皮厚，皮还要有皱褶。

　　我想，就南瓜的普及率而言，南方、北方，估计南瓜应该是很多朋友童年时代的记忆。

　　我听过一种最恶作剧的做法，一广西朋友说他们小时候经常将别人南瓜地里的大南瓜切开一个小口，然后往里面灌上牛粪，最后将切下的南瓜再填封回去……一般肉眼难以发现，但是南瓜会慢慢烂得只剩一层皮，到吃南瓜的时候，切开里面就是一股恶臭。

幸好，我们老家鄂西北，小时候没有人掌握这种"技能"，不然我的童年肯定又多了几次饿肚子的回忆。

记得小时候，屋前屋后，母亲都种上了南瓜，南瓜藤爬满了一地，如野生般野蛮生长，到了秋天，大南瓜一个一个由绿变黄再变成黄红色，等到瓜蒂开始变黄的时候，母亲便会将南瓜一个个收回来，堆放在角落或者床底下，有米饭、面食的时候，南瓜是菜，没有米饭和面食的时候，南瓜便是主食，南瓜粥或者直接蒸南瓜，多少填补了我们"闹饥荒"的日子。

南瓜可以一直吃到第二年夏天，有的甚至放了一两年后还可以吃。当然，时间放得太长的南瓜，里面会长出一根根类似于根状的丝，连通中间空的地方，而南瓜也会慢慢失去水分，变得没有那么香甜。

在广州，开始种菜的前两年，我们专门留了一个超大的花盆和一块地种南瓜（因为种南瓜的土要够多，要堆积如山，所以需要"南瓜专属地"），准备到秋收时，吃上又老又甜的大南瓜。

南瓜藤很快便爬了一地，雄花、雌花，开了一批又一批，虽然偶尔会有蜜蜂蝴蝶光顾，但梅果始终还是担心授粉不成功，经常还人工给南瓜授粉，南瓜的"受孕率"基本上达到100%，但因为楼顶水泥地温度过高，结出来的果实没几天就被晒蔫了，鲜有可以逃过高温的炙烤。三伏天之后，连南瓜藤也被晒得半死不活，只好全部拔掉。

记忆中吃过两个自种的南瓜，都是没有变黄的时候就摘掉了，一怕"夜长梦多"，被偷。二来因为藤总是被晒得半干，怕南瓜养分不够烂在地里。

嫩南瓜没有老南瓜香甜，但绝对吃过寻味。梅果做的薄荷炒南瓜，堪称一绝。将南瓜削皮，切片，配上干红辣椒、薄荷翻炒……据说这种做法，配上蒜蓉会更好吃，但信佛的梅果基本不吃小五荤，所以我们家已经多年不见大蒜。

后来每年开春，依然留块地，堆土种南瓜，但基本不吃瓜，只吃南瓜尖和南瓜茎。

南瓜尖有很多种做法，我们喜欢用腌晒过的湖南白辣椒爆炒，香甜中略带着白辣椒的酸味，还有那种特有的南瓜青味，迅速刷新家庭美食总评榜。

有次有个朋友过来，指定要吃白辣椒炒南瓜尖，不巧的是，南瓜尖前一天刚被"剃了光头"。朋友朴实的愿望不能不满足，但也总不能到菜市场随便买一把糊弄人家。

梅果突发奇想，将那些靠中间的、见阳光较少的、白嫩的、较长的南瓜茎剪了些回来，洗干净，切成两三厘米的一段一段，然后按照南瓜尖的做法，放入腌晒过的湖南白辣椒爆炒，没想到，味道比南瓜尖还要好，香、甜、脆、爽。

这一季，不知道有没有南瓜吃，因为南瓜刚长出来的嫩叶、花、和茎被我们早早饱了口福。

阳春三月，万物生长

申时花开

您可能吃过人参，但是，不一定吃过人参菜哦。

我之所以这么武断地判断，完全是出于个人经验。

那次在香港，喝了一种蔬菜汤，我从没见过，更叫不出名字，忍不住问：什么菜？

得到的答复是：人参菜。

这个菜除了名字之外，跟人参好像没什么联系。于是对这菜有了深刻的印象。

以前从没吃过的，当然要种。

我们是不施肥只浇水的"懒人种法"。在广州种人参菜再合适不过了，因为人参菜对气温要求相对较高，只要温度适合，一年四季都可以生长。它适宜生长的温度为25℃～32℃，在广州能顺利越冬。人参菜适应性强，根系发达，能在不同类型的土壤中生长，耐湿性和耐干旱性、耐炎热性都比较强，在水分充沛、肥沃的土壤更有利于其生长。人参菜喜欢光照，在温暖的气温下长得很快。不过，人参菜一般也就三四十厘米高，不高大，低调。

阳春三月，万物生长。

楼顶菜园自然是一派生机盎然的景象。

片片小叶子，碧绿碧绿，滑亮润泽，这一片不到两平方米的地方，显得格外生动。

出苗两三周之后，人参菜终于长出了一片片不大的嫩叶。

这算是它们在我们家度过的第二个春天，比去年愈发茂盛。

我们人参菜的吃法无非这几种：白灼、涮锅或做汤料。

和很多蔬菜一样，白灼是保持原味最好的烹制方法，洗净，开水滚三滚（可放姜丝），捞起，加生抽即可食。加油煮，不捞起，汤水一起滚几滚，加盐，即是人参菜汤。冬季吃火锅，直接将洗净的人参菜放入，滚开即可食用。入口鲜嫩，滑，软（因为不"脆"，偏绵软，有人因此而不习惯），香，风味独特。人参菜根可以吃，凉拌最好，肉质根去表质，撕成丝状，依个人口味，加入少许植物油、醋、芝麻、盐、辣椒丝、香菜等拌匀，调味即可。人参菜及菜根炖排骨、炖土鸡，皆为佳品。

这佳品不仅仅是味道，也是大补之菜蔬。

人参菜原产于热带美洲，分布于西非、南美热带和东南亚等地。中国主要分布在南方地区。其茎叶中含有蛋白质、氨基酸、维生素C、钙、铁和锌等成分。人参菜具有补中益气、润肺生津、通乳汁、消肿痛等功效，可用于气虚乏力、肺燥咳嗽、体虚等的辅助治疗。对女性滋身补气血更加有效，尤其是产妇要多吃，可以让母乳更加充足。

有一个非常有意思的现象，中国很多植物，大多是记录在药典中，一方面说明药食同源，另一方面说明中国古人非常重视植物的药用价值。人参菜在古书记载中，大多记录的是其药性。《滇南本草》："虚损痨疾，妇人服之补血。"《南宁市药物志》："肺止咳。治燥热咳嗽及病后虚弱。"《四川中药志》："补气血，充乳汁，助消化，生津止渴。治咳痰带血。"《昆明民间常用草药》："补强壮。治头晕，耳鸣，目眩，妇女带下；肺结核咳嗽，潮热盗汗。"而在南美，其茎叶捣碎外敷可祛瘀消肿，煎液可用来治红眼病，内服时可减轻精神受挫者的病情。

人参菜，又叫栌兰、土洋参、福参、申时花、煮饭花、假人参、参草、土高丽参等等。因主要在南方地区，又称"南方人参"。现在看来，之所以取名人参菜，大概是根系发达，只有这个特点跟人参相似。

人参菜味道鲜美营养好自不必多说，更让我欣赏的，是它的花，淡粉紫色，五瓣小碎花，安静，毫不张扬，但越看越耐看。在去年夏季，我们曾用花盆种了一盆，放在阳台。大约两三点之后，花不经意中开放，"申时（下午三点到五点）花"的称谓，大概由此而来。遗憾的是，我看过它的花，却没有留意它绽放的瞬间。

在这个夏天，也许在某个周末的下午，我们会在菜园里，等待那棵安静而美丽的申时花开。

这淡淡的粉紫色的小花朵，毫不惊艳，却有着令人过目难忘的美。

圣草紫苏的秘密

种菜多年，种过不少香料，芫荽、薄荷、香茅、罗勒等等。

紫苏也是不错的香料。但梅果一直很反对种紫苏，说小时候经常出"天团"，全身长满，奇痒无比，大人就会用紫苏给她擦身。

于她，对于紫苏的记忆就是"天团"的记忆，也是对药的记忆。

后来有一天，阿布的老师问我们有没有紫苏，想用一点来蒸鱼，我们说没有。老师问那么容易种又那么好吃的菜，为什么你们不种？

对啊，为什么不种呢？吃紫苏也是我们的一大爱好呀！

说来也巧，就在第二天，我们就在楼下发现了许多野生的紫苏苗，于是移植了几棵回来。

紫苏是一种很常见的植物，对土壤要求也不高，山地、河沟边、路旁或荒地等处都可以生长。分布也比较广泛，我国大多数省份都有紫苏，或者说适合栽种。

紫苏既是食材，也是药材，在我国本草发展史上占有一定的地位。在药学上看，紫苏全身都是宝，叶子、苏子、苏梗都做药用。紫苏叶性味辛温，主要功能和作用：散寒解表；宣肺化痰；行气和中；安胎；解鱼蟹毒。主风寒表证；咳嗽痰多；腹胀满；恶心呕吐；腹痛吐泻；胎气不和；妊娠恶阴。

　　关于紫苏，有很多典故。相传东汉末年，名医华佗在一家酒店巧遇一群年轻人正在比赛吃螃蟹，空的蟹壳堆了一大堆。华佗便上前劝说他们："吃多了会闹肚子。"但年轻人不但不听他的劝告，反而大吃不止。半夜，吃螃蟹的年轻人大喊肚子痛。华佗于是出去采了一种紫色的草，煎汤给年轻人服下，好了。华佗给这种草药取了个"紫舒"的名字，意思是服后能使腹部舒服。后来传来传去，便成了"紫苏"。

　　紫苏的名字因此而来，紫苏也因此成了千年"圣草"。

　　菜友们看我们种紫苏，都积极地推荐各种紫苏种或苗，因此我们一下就种了三种紫苏，有皱叶的、圆叶的、尖叶的。

　　有了自种的紫苏，自然就开始研究紫苏的种种搭配与做法，这是吃货的基本特点。

　　紫苏豆瓣酱焖狗仔豆干早已经成了我家独创的名菜，紫苏煎黄瓜、紫苏煎豆腐、紫苏炒仔姜、紫苏炒螺、紫苏炒花甲、紫苏焖鸭、紫苏焖排骨、紫苏焖鸡等等，也常常成为我们餐桌上的佳肴。

　　对食物搭配不懈创新的阿布经常也会给我们出难题，比如，他会突然想吃紫苏黄瓜卷、紫苏黄桃卷、杂锦紫苏卷，还有五花肉紫苏卷、紫苏羊肉卷等等。

　　针对阿布的各种美食挑战，梅果基本都能"应战"，她说只要不是想吃紫苏人肉卷都好办。吃货的另一个特点就是有能力满足其他吃货的创新要求，因而也就变成了高级吃货或厨神。

　　紫苏是年生植物，基本是一岁一枯荣。秋冬后的紫苏，梅果会全部剪回来，花果、叶根都不放过，全部晒干密封备用，用干紫苏炒菜基本上和湿紫苏一样，只不过干紫苏需要先浸泡一两个小时，让叶充分舒展开才更入味，比起新鲜紫苏浓烈、清新的香气，我更喜欢干紫苏所散发的厚重、持久的香味。

而阿布的各种紫苏卷自然要再等几个月了……

开春正要播种的时候，发现上一年种紫苏的地里已有不少淡紫色的小植物在悄悄发芽，不用问，那就是紫苏。这个季节，茂盛的紫苏似乎正在渴望早日点缀我们的盘中美餐。

紫苏在古代被当作圣药，采摘的人要穿上干净的衣服，还要举行一定的仪式。我偶尔上楼摘几片，暗自提醒自己要洗手，这是一种神圣的暗示。

这圣草所蕴藏的秘密，我们无从知晓。我们只知道，冬天掉落的紫苏种子，会在或干燥或潮湿或阴冷的土壤里冬眠，等春天来了再如数发芽，开始散发新一季的馨香轮回。

似苦若甜的舌尖人生

前几日去承德，街上居然看到苦笋。

这笋中上品，我小时候居然没有吃过。第一次吃苦笋，是在广州某客家餐馆，梅果看见餐单上的苦笋，喜出望外，当即点了一份，上菜之前，她一直说"你一会儿就知道什么才是真正的人间美味了"。

那次吃的苦笋，五花肉、酸菜、苦笋炖在一起，白花花的肉，白花花的笋，看起来有点油腻，我开始心里嘀咕：这到底好不好吃啊？没想到吃第一口就被深深吸引，苦笋入口时有清苦之味，片刻之后，甘甜味缓缓而来。而肥肉在苦笋和酸菜的作用下，肥而不腻。

而后遍翻典籍，才发现野生于崇山峻岭之中的苦笋，竟是走俏的山珍，让不少文人墨客甘愿"自讨苦吃"。

苦笋不但是佳肴，还可以入药。《本草纲目》记载"苦笋味苦甘寒，主治不睡、去面目及舌上热黄，消渴明目，解酒毒、除热气、益气力、利尿、下气化氮，理风热脚气，治出汗后伤风失音"。

大文豪苏东坡盛赞苦笋"待得余甘回齿颊，已输岩蜜十发甜"。东坡先生说"若要不俗又不瘦，顿顿笋烧肉"，切得薄薄的五花肉，和着苦笋片清炒，肉片不腻人，笋片不寡油，两得其宜。

诗人黄庭坚也爱吃苦笋。他笔下的苦笋，苦中带甜、爽口脆嫩、温润宜人，仿若一位温婉佳人，朴实娴静，宜室宜家。

怀素和尚信手记下的一张便条《苦笋帖》，成了中国书法史上的旷世绝品，"苦笋及茗异常佳，乃可径来"。感叹怀素和尚奔放流畅、一气呵成的书法同时，也感叹吃苦笋的千年文化传统。

苦笋在西南、华南一带较为常见，在我们老家鄂西北，苦笋也算不上什么稀奇之物，但基本上没有人吃。广东的客家地区，山多、水多，依山傍水，时时能见大片大片翠竹，其中不乏苦竹的身影。

梅果说，他们河源老家的苦笋，基本上都集中长在一座山头，她小时候经常跟着爷爷或姑姑去挖，要走很远的山路。因为人人都去那里挖，运气好的时候可以挖很多，多到根本没法扛回来，只能挑一些粗大的、嫩的，其他都直接扔在那里看谁运气好捡去，但运气不好的时候走遍整座山也很难挖到几根。

据说，最好的苦笋，高不能过30厘米，矮不能低过20厘米，所以挖笋的时机很重要。

3～5月都是挖笋的好时节，五一假期回广东河源，梅果一早便起来，连早餐都没吃就开始招呼人开车进山挖苦笋。她笑称自己天生就是个"苦孩子"，的确，在她的美食排行榜里，带苦味的食物太多，她说："苦中带甘，甘中有甜，百转千回，在饮食中就能品味一番人生的真谛。"

恰逢天下大雨，间晴的时候，她便拿着镰刀往竹丛里钻。这时候挖笋，还真的是个考验体力、视力、耐力和胆量的活，由于山地的不断开发，竹林本来就少，苦笋早已被人一遍又一遍地搜刮，再说这个时间早已过了挖苦笋的最佳时间，那些漏网的苦笋早已经开叶成了竹子，刚下过雨，山上又滑，另外据说竹叶青蛇就喜欢藏身在苦竹林里。

幸好梅果视力好，满山细细搜寻，发现目标之后，高的直接掰下

来，矮的用镰刀先从旁边开挖，大概挖将近 20 厘米深，再将笋往挖开
的那侧掰下，基本上不会造成损伤和浪费。

功夫不负有心人，搜寻了半天，总算有三四十根的收获，尽管大
都是又矮又小的。

新鲜是苦笋的一大诱惑，但如何留住这份新鲜是个大问题。苦笋
新陈代谢旺盛，容易出现纤维老化，鲜笋不尽快处理好，第二天就变
得又老又硬。

先整根冲洗干净，削皮，一部分切片，水煮，用山泉水浸泡一会
儿，捞起用辣椒、肉片、酸菜爆炒，另一部分则整根水煮，浸泡一天，
再捞起用保鲜盒密封存入冰箱带回广州。

梅果会很多种苦笋的做法，但我还是最爱如我第一次吃苦笋的做
法，肉汤的醇厚和苦笋的清苦微甜在口中交织成绝妙的交响曲，而酸
菜似有若无的酸鲜味则是最好的注脚。

梅果说，她对苦笋的喜爱正是因为苦笋的味道有独特绝妙之处，
仔细品尝，能体会到似苦若甜，可以称得上是人生况味的诠释，莫名
的奇妙。

以菜会友

昨晚回家太晚，忘了浇菜，一早起来，上楼看菜是否已经晒蔫，邻居阿姨正在拿桶帮忙浇水，说：我也浇菜，估计你们太忙没时间，顺便。

有时回到家，楼下阿姨会端来热气腾腾的馒头，说：刚做好的，尝尝。

我们的韭菜、折耳根、美国苋菜、紫菜薹的苗，种菜的邻居也会扯些苗回去移栽一些，我们的茄子、朝天椒的品种是看中邻居借苗来的。

这是常有的事。

自打种菜以来，平日亲朋好友及邻里之间串门，早已不必费心挑选什么礼物，当季的蔬菜摘好、择好、打包好便是极好的礼物，老少皆宜，收菜的人心里都乐开了花，无一例外。

古代有以诗会友、以茶会友，甚至以武会友，我们这种是不是可以叫以菜会友？

我们是小区里比较早种菜的住户，在菜园种菜、浇菜或者摘菜偶尔会碰到刚好经过的邻居，不管认识不认识，只要别人愿意要，我们都会送上一些现摘的瓜果蔬菜，有几家邻居吃了之后，受到了味蕾的触动，也开始种菜，买土、敲土、买砖、垒砖……累并快乐着。

有两家从来没有种过菜，隔三岔五都会跑来问我们关于种菜的问题，如菜种哪里来？怎么播种？撒多少？一天浇几次水？什么时候移植？会不会长虫？诸如此类。

菜农顾问梅果总是非常热情地逐一解答他们的问题，知无不言，言无不尽，若家里有种子，有菜苗，恰巧别人需要，也会双手奉上……

久而久之，我们和菜友之间就形成了某种默契，谁家有种子的，播种时都会多下一些，相互通知不要重复播种，然后等到可以移植的时候，大家分着一起栽种。偶尔菜地来不及换茬的时候，也会几家分好工，谁的空地多谁就多种一些，等到菜收成的时候，自己家的、别人家的，相互交换着吃。

我们始终有吃不完的菜，儿子阿布便成了送菜的小快递员，小区内的朋友，只要告诉他送到哪家，他这快递志愿者，保准在五分钟内送达，只分享新鲜和美味，分享我们的劳动成果。

大人以菜会友，阿布也以菜会友。

只要他同学有需要，他肯定会在第二天上学的时候如数带上，也给同学送外公自榨的花生油，说要让他们吃外公自榨的才放心。

周末偶尔给朋友或同事送菜，带着阿布，有次给梅果一同事送土豆，顺便再捎了点红薯叶、薄荷叶还有韭菜，满满一大袋子。坐车时候遇到一个和阿布同龄的小朋友，他们一见如故，一下子便聊开了，小朋友问阿布：去哪里？去干吗？

"去我妈妈同事家，送菜！我们家自己种的有机蔬菜。"阿布说这话的时候多少有些自豪，然后问，"你们家住哪？我们有空也可以给你们家送菜啊。"完了再加一句，"不收钱的，都是免费送的。"

作为家长，多少有些戒心，但是在两个孩子的建议下，我们还是相互留了电话，加了微信，相约有时间来我们家看菜、摘菜。

　　说起那次送土豆，我们一共种了32棵土豆，梅果同事"赌"了一棵，即选定一棵收成之后如数送给她，多的一窝有五六个土豆，少的基本没有或太小，不过不管收获多少，反正我们也会补足量送人，这样的"赌"局能带来不一样的乐趣和成就感。

　　偶尔周末，我们会邀三五朋友，喝茶、聊天、吃当季的有机菜。有些朋友也会不请自来，自告奋勇说要当义工，要过来帮忙种菜，有几个朋友说，我们家菜地能够安抚和净化人的心灵，到我家种种菜、摘摘菜、吃吃菜，可以忘掉嘈杂都市的烦扰，有种空前的满足感。

　　说起来，我们对生活的自足感，和种菜也有很大的关系。

　　菜农的日子，虽青菜一碟，却其乐无穷。

未曾尝过这道苦

三年前的一天，看到邻居在剪一种带刺的植物，我们问是啥东西？邻居说是一种苦菜，新鲜的可以滚汤，也可以晒干煲汤，下火的，就是有些苦。

邻居问我们要不要种，我看这植物虽然全身长满了刺，但叶子碧绿油光，看起来格外鲜亮，当下便决定——种！

邻居随即帮我剪了几根比较老的根，剪成筷子长短，我们专门腾了个大花盆出来，将它们插进土里，浇上水……

没过几天，嫩绿油光的芽叶便长了出来，且长势惊人，约莫过了两个月，新长的根已经一尺多长，枝繁叶茂。

我们兴奋地将老叶和嫩芽都剪了下来，用瘦肉滚汤。

很遗憾，这个汤并没有受到大家的青睐，因为不是有点苦，而且非常苦，而那些老叶根本就嚼不动，一不小心还会刺到嘴巴。

小儿阿布尝了一口汤，说：我肯定是不会没事自找苦吃的了。任凭我们怎么宣扬这东西功能怎么怎么好，他态度始终很坚决。

寒暑往来，三年时间过去了，那盆苦菜基本上没有任何照管，只是为了怕它满身的刺伤人，总是长了又剪，剪了又长，但基本上没有吃，都是千篇一律地晒干烧掉。

今年开春，梅果一如既往地将它们剪得只剩下一个头，很快，叶芽又冒了出来，在春雨的浸淫中格外油光鲜嫩。

看着如此诱人的叶芽，理应有更好吃的做法的，我们发誓要找到它的做法。

通过各种关键词查找半天，才知道原来这种植物叫苦刺头，别名白筋根、刺三甲、风党苓、苦粉苓、刺三加、三加皮、三甲皮、鸡脚菜、刺五爪、三叶五加、香藤刺、三五加、鹅掌苓、苦刺芯，具有很好的药用价值，清热解毒；祛风利湿；活血舒筋。主感冒发热；咽痛；头痛；咳嗽胸痛；胃脘疼痛；泄泻；痢疾；胁痛；黄疸；石淋；带下；风湿痹痛；腰腿酸痛；筋骨拘挛麻木；跌打骨折；痄腮；乳痈；疮疡肿毒；蛇虫咬伤等。

也找到了一些做法，如凉拌、炒鸡蛋、煲汤等等。

我们先实践凉拌的做法，剪下最鲜嫩的芽尖部分，开水焯一下然后迅速捞出，再放入盐、油、酱、醋、辣椒、花椒凉拌。小儿阿布率先尝了鲜，建议：爸爸，你吃这个菜的时候不要吃其他东西，要慢慢地感受一下这个菜在你嘴巴里的味道和你吞下去之后在你的嘴巴和喉咙里留下的味道。

微苦中带甘，甘中带甜，甜中还有一种很特别的清香……不吃不要紧，一吃便上瘾。怪不得据说在云南香格里拉，很多人吃这道菜都吃上了瘾，每天都要吃上几口才觉得过瘾。

自那以后，我们终于将苦刺头当上等食材看待，开始悉心照料，为此也可谓尝尽苦头，苦刺头全身枝干上布满了尖刺，一不小心就会被扎手，而嫩芽都长在树杈间，需要小心翼翼地摘取。

苦刺头炒鸡蛋做起来比凉拌的要复杂些，同样先将苦刺头在开水中焯一下迅速捞出，之后切成细末，挤干水分，再加鸡蛋搅匀，上锅煎着吃。

这样做出来的苦刺头煎鸡蛋，微苦中带着甘甜、清香，在我们家的美食排行榜中与凉拌苦刺头齐名。

清明的时候，我们擅自带了一些到英德朋友隐居之地去种，目的是要跟朋友分享苦刺头的甘甜、清香，分享这前所未有的味蕾触动。

没有想到的是，在朋友居住的附近，河边、田边、路边都长了不少苦刺头，而且每一棵都是根粗叶绿，深藏着大自然的惬意与放松，不羁与洒脱，比我们自种的不知道高出多少。

"醉翁之意不在酒，在乎山水之间也。"我们更加艳羡在此隐居的朋友了。

薄荷的美德

你一定吃过口香糖，薄荷味的。你见过薄荷吗？很可能没有。

即使自称为菜农的我，相当长的时间里也不知道，薄荷是可以当菜吃的。

直到有一天，在炒红薯叶的时候，梅果说：去，摘点薄荷，一起炒，更香。

我们有薄荷吗？

有的，楼顶角落那个盆子里就是。

我以为那盆里种的是什么花草。要说种菜，梅果比我专业多了，她知道什么季节种什么，还有些品种我不认识，也不好奇，没问过她。

摘一把薄荷叶，放在红薯叶里炒，果然清香更加突出。

广州的秋冬季，是薄荷生长的最好时节。因为是配菜香料，所以不需要太多，一个花盆足够。它的生长喜欢稍微阴湿的环境。叶子剪了又有分支再长，它有不断生长的力量。

它土名叫"银丹草"，又名夜息香、鱼香菜、水益母、人丹草、苏薄荷、薔荷菜，如果你凑近仔细闻，全株清气芳香。如果不注意，比较难发现它细微的生长变化，因为它一般只长到十几二十厘米，叶子就成了盘中餐。

它开花十分低调，花小，淡紫色，唇形，花后结暗紫棕色的小粒果。加红薯叶、配狗仔豆，基本上做一些配料。

我用它做菜，一般是：薄荷炒蛋。薄荷叶本不大，切碎片，鸡蛋三四枚，可以和鸡蛋一起搅拌，然后再一起下锅炒，也可以先炒鸡蛋再放薄荷。

鸡蛋的浓香和薄荷的清香一起，互相交织又不互相干扰，清爽可口。

但是你一定会说，你吃的是鸡蛋，而不是薄荷。

薄荷，还可以防上火，因为，薄荷居然还是常用中药之一。它是辛凉性发汗解热药，治流行性感冒、头疼、目赤、身热、咽喉、牙床肿痛等症。外用可治神经痛、皮肤瘙痒、皮疹和湿疹等。薄荷含有薄荷醇，该物质可清新口气并具有多种药性，可缓解腹痛、胆囊问题，如痉挛，还具有防腐杀菌、利尿、化痰、健胃和助消化等功效。大量食用薄荷可导致失眠，但小剂量食用却有助于睡眠。平常以薄荷代茶，清心明目。

薄荷的药性，《本草图经》这样记载："治伤风、头脑风，通关格，小儿风涎。"《本草纲目》也说："利咽喉、口齿诸病。治瘰疬、疮疥、风瘙瘾疹。"

薄荷是一种充满希望的植物，人生难免有许多错过的人或者事物，能再次相遇、相亲和相爱的机会几乎没有，但越是没有就越是想念，薄荷虽然是一种平淡的花，但它的味道沁人心脾，清爽从每一个毛孔渗进肌肤，身体里每一个细胞都通透了，那是一种很幸福的感觉，会让那些曾经失去过的人得到一丝安慰，所以薄荷的花语是"愿与你再次相逢"和"再爱我一次"。此外，它还有一种花语是"有德之人"，象征"美德"。

　　薄荷从来没有引起过我的注意，即使在夜晚浇菜的时候，甚至会忘记角落里还有盆薄荷。薄荷花小，淡淡的紫色，从不张扬，有时会忘记它曾盛开过。

　　只有在某些夜晚，在楼顶静坐，看月亮，看珠江，你会隐隐约约闻到一丝清新的香味，这味道极淡，淡到你几乎不知道是哪里来的。

　　但是，薄荷的香味就在你的呼吸之间。

　　有的菜，很少做主菜，大多当作配角配料，薄荷就是。

　　有的美，难以觉察，但它安静地存在。

从你的全世界辣过

　　前不久收获了一小筐朝天椒。这个周末，朋友专程来我家吃我们自制的薄荷辣椒酱，自种的薄荷，自种的辣椒晒干，加入生姜、大蒜、花椒、盐等手工剁碎，再浇上滚烫的自榨花生油……这样的辣椒酱想不好吃都难。

　　我们都喜欢在旅游的时候吃当地的鲜辣椒，还要千方百计找辣椒酱带回。

　　东南亚辣椒的品种基本上和中国差不多，但做法各有千秋。

　　"辣椒螃蟹"堪称是新加坡的国菜，几乎每一个去新加坡旅游的人都要在当地吃一次辣椒螃蟹。对于吃辣的人，这道菜绝对是让人一见钟情大呼热爱，浓烈又丰富的滋味让人着迷又过瘾。

　　我们去当然是一定要吃的。梅果更要把这种做法学会！但没有来得及问个究竟，没想到，超市居然可以买到正宗的辣椒螃蟹方便调料包。新加坡在这方面做得很好，可看可食，还可以打包带走。

　　泰国的朝天椒比中国的朝天椒明显辣很多。泰语叫"老鼠屎辣椒"，是一种极小但极辣的辣椒。泰国菜以色香味闻名，第一大特色是酸与辣，泰国厨师喜欢用各式各样的配料如蒜头、辣椒、酸柑、鱼露、虾酱之类的调味品来调味，煮出一锅锅酸溜溜、火辣辣的泰式佳肴。

泰国还有一种辣椒叫乌眼辣椒，是常被用来做咖喱的原料之一。

马来菜也以辛辣驰名，桑粑是马来的主食之一，桑粑是将虾发酵后做成虾酱，拌上辣椒，放在石臼里捣碎，浇上酸橙汁，使之略带药味，味道非常特别。

韩食以泡菜文化为特色，一日三餐都离不开泡菜。韩国传统名菜烧肉、泡菜、冷面已经成了世界名菜。但我更加钟情的是韩国辣椒酱，它看起来有点像番茄酱，但味道不一样，成分也不同，主要由糯米粉、发酵大豆和红辣椒制成。与烤牛肚、米饭等一块吃，几乎是一个完美神圣的结合。

比较难忘的辣椒，当数梅果从毛里求斯和不丹带回的辣椒酱。"我认为不丹的美食是辣椒、辣椒、还是辣椒，我每顿都要吃一两碗辣椒。"梅果从不丹回来不止一次地跟我形容不丹辣椒的美味，"不丹人喜欢将辣椒过水之后和芝士或者牦牛奶酪再加上其他香料拌在一起，有点黏黏的，滑滑的，但味道真的赞！还有，他们还把辣椒做成了冰淇淋，前味是冰淇淋的香甜、冰凉，几秒之后便是辣椒的火辣感，那才是真正的冰火两重天啊！"

她形容的味道，我一直没有机会尝试，但她从不丹带回的辣椒酱，真的很棒，纯天然无污染，又香又辣又好吃，里面的调料我一直没搞清楚，只知道里面有炸得近乎发黑的牦牛肉丁，很香很有嚼劲。

我想象不出毛里求斯的辣椒到底长什么样子，因为那种特别的青味绝对是绝无仅有、无法比拟的。梅果说毛里求斯没有辣椒酱出售，那都是酒店现做的，她想带回给我尝尝，于是弄了个小瓶，每天吃饭时"偷"一点点装进瓶里，刚好装满一整瓶带了回来。

我们今年种的米椒和指天椒都迎来了大丰收，我们想方设法想做出记忆中的味道，但可能因为水土不同，配料不同，很难做得像在别国吃的一样。我们只能按照自己的想法做成自己喜欢的味道，薄荷辣椒酱、香菇辣椒酱、韭菜花辣椒酱、山胡椒辣椒酱、酱油泡辣椒等，都是我们喜欢和家常的做法。

据说，墨西哥是辣椒的发源地，全球约一半辣椒都生长于墨西哥境内，红的、黄的、青的、绿的、紫的应有尽有，而且泡制方法亦多不胜数。找时间一定要到墨西哥寻辣去。阿己说世界上最辣的辣椒（之一）是墨西哥的魔鬼辣椒，可以制造催泪弹。当然，那可是不能吃的啊。

菜园稀客

下班摘菜，见菜地里有一袋小菜苗，谁放的？送给我们的还是落下的？正疑惑，邻居阿姨来了，说：你正好有空地，快要下雨了，栽苗正好。

我想，现在正热呢，会下雨吗？等等看吧，晚点栽，如果没有雨就浇水。

晚饭刚过，果然下雨了。天也黑了，好时机，得栽菜去。带着阿布，各拿伞一把，我拎小三角挖挖一个，阿布撑把伞，说，我给你照亮，他找了半天，不见手电筒，只好用手机照明。我自己撑伞挖窝窝，放上小菜苗苗，埋土，如此这般。小时候我栽过菜苗，挖窝窝放进去填土即可，还有印象。

阿布说，你会栽吗？怎么都是斜着放的？长出来不也是歪着的吗？

我手占着（撑伞），只有一只手可以用，不方便扶苗，只好让小苗自己躺着，然后在根部填土。我解释说：长着长着就直了。

数十颗小白菜苗斜栽在地里，收工。一场透墒及时雨，对于刚栽的小苗来说，真是再合适不过了，再过一周，就会长得像模像样了，一派生机。

阿布说：你真搞笑，排队都是歪的，看妈妈回来了不笑你。

这个邻居阿姨怎么知道我缺菜苗呢？梅果回来终于揭开了谜团，前两天这阿姨跟梅果交流种菜经验，说要给点小苗让我们种。真是热心肠。而且，她还能准确地预报下雨天气，不服不行啊。

　　这样的邻居越来越多，隔壁栋的阿叔老两口都是退休教师，每年都要出去几次海外旅行，其他的时间，基本上就是种菜。在楼顶，常常来我们的菜园转转，也偶尔提些建议：我有香菜，要不要苗？我们不需客套，收获一把，当然是用来种。他们搭了个架子，夏天里丝瓜冬瓜爬满了，他曾建议我们也种些丝瓜，随时可以用他地里的苗。当然，我们地里的苗他如果喜欢，也可以随时取用，比如美国苋菜，他也取了几棵去种。

　　说是"美国苋菜"，其实是广东河源来的。阿布外婆老家，也开辟（用"恢复"更加准确）了一个大菜园，种满了各类时令蔬菜，纯天然有机菜，看着就有食欲。咱家首席菜农梅果总在琢磨种什么合适，广州没有的或者不方便找来的品种，只要有合适的自然要连根带土挖出来，立即带回广州，回到家第一件事就是把带回的小苗栽下去。

　　于是每个季节，菜园的蔬菜家族会来很多稀客：美国苋菜、大芥菜、马齿苋等。尤其不解的是高脚菜心，不知道怎么种成了矮脚菜心。今年春季去英德的山里探望隐居的老朋友，甚至带回了香椿树苗！如果不是航空限制，说不定也会有很多国外的种子和菜苗。

　　一次偶然的机会，认识了韶关一学校的一位茶艺老师何老师，优雅大方的何老师平时爱喝茶、爱茶艺，也爱种些花草和蔬菜，她听说我家种菜，很是开心，有一次，她问：你吃过珍珠菜吗？

　　我连名字都没有听说过，更谈不上吃过。

　　何老师说：地址发给我，我给你寄点苗你种？

　　真是太好了。

　　我一收到珍珠花菜的小苗，立刻就栽上了，一天早晚两遍水，这菜很容易成活，也耐旱，生长期也很长，整个夏天、秋天都在生长，尽管长得并不高大。

　　昨天，何老师说：等玫瑰茄有种子了再寄给你，做果酱、蜜汁很惊艳的。

乡野寻艾

菜园已成菜农生活的重要舞台，楼顶当然不够，只要有机会，我们就会远离都市，回到乡野，回到田园，有目之所及的天然食材，必须想方设法请到碗里来。

国庆长假，我们在河源最高峰蝉子顶下的一个小山村里待了一周，没有信号，没有网络，与世隔绝，像极了鲍勃·迪伦《时光漫漫流逝》中描写的情景——"山中的时光寂静缓慢，我们坐在桥畔，在泉水边散步，追寻野生的鱼群，在溪水上漂浮，当你置身尘外，时光寂静流逝……"

这个小山村的四周被海拔近千米或者过千米的群山环绕，环境异常优美，据说以前村里有不少大宅子，高峰期有几百人，基本上都是和梅果同一个家族的，改革开放以后都陆续往城市搬迁，村子一度变成了无人村，荒废了很多年。近三两年才开始陆续有人回来，但也不多，只有四户，而长期居住的只有两户，一户养羊，一户养猪，都是放养，满山跑，比野羊、野猪还野，另外两户也只是偶尔回来小住，其中一户是阿布的外公外婆。国庆长假，村子里异常热闹，家家户户的院子里都停满了车，亲友从深圳、东莞、河源各地一批一批地往村里涌。

爬山是我们每天的保留节目。我们还会带上镰刀和布袋子，均有妙用。在遇到野菜、野果或一些漂亮植物的时候，梅果欢快得像个小女孩。

　　我从小在鄂西北山区长大，所见跟粤地多有不同，由于区域的差别，很多她说可以吃或者可以药用的东西，我基本都没有见过（或者不曾留意）。比如五指毛桃、白花牛奶、天仙果、地枇杷、珊瑚樱、酸藤子、乌饭子、竹橘子等等。

　　那次挖得最多的，当然是"老艾头"。

　　艾糍在广东地区的食用很普遍，鲜嫩的艾叶煮好捣烂和糯米粉拌在一起揉好，包上馅，或蒸或煎，味道都是挺好的。

　　艾能宣理气血，温中逐冷，除湿开郁，生肌安胎，利阴气，暖子宫，杀蛔虫，灸百病，能通十二经气血，能回垂绝之元阳。用于内服治宫寒不孕，行经腹痛，崩漏带下。外用能灸治百病，强壮元阳，温通经脉，祛风散寒，舒筋活络，回阳救逆。

　　我们的菜友里面，有很多都种了艾，但是梅果一直强调：我打死都不种，浪费土地，老家大把的。

　　艾灸这几年很盛行，艾已经被某些品牌商鼓吹成了包治百病的神药，而市面上也出现了很多以假乱真或者掺杂的艾条。当然，在没有采过艾、没有挖过艾头之前，我也是不知道如何辨别的。就像我们没种菜之前，几乎都已经忘了菜原本的味道。

　　其实，老艾头，即老艾的根部才是艾的精华所在。艾是多年生草本植物，老艾略成半灌木状，植株有浓烈香气。主根明显，略粗长，侧根多，常有横卧地下的根状茎及营养枝，有明显纵棱，褐色或灰黄褐色，基部稍木质化，叶厚纸质，叶基部宽楔形渐狭成短柄，叶脉明显，在背面凸起……毫无疑问，非专业人士根本难以识别，难怪阿布总是说妈妈是植物学家。

老艾头晒干煲老母鸡汤对补气血、通经络、逐湿寒、抗病毒有很好的作用，当然，这汤的香甜美味也是无法比拟的。

梅果对艾灸产生了浓厚兴趣，前不久居然艾好了阿布的湿热头晕症。

忽然想到，我很小的时候，流鼻血时，母亲曾摘一把被称作"艾蒿"的植物揉成团，给我塞过鼻孔，用来止血，有一股药味，却不曾吃过。这艾糍的原料，居然是艾蒿?

我们终于决定种两盆。或许明年春天，这艾又是一种别样的美味。

可曾吃过香蕉花？

　　都是菜农，差别咋这么大呢？我对没见过没吃过的食物从来不好奇，而梅果，恰恰相反，常常让我和阿布惊讶。

　　99%的人吃过香蕉，但是，香蕉花呢？

　　香蕉居然有花？还可以吃？没错。

　　梅果从老家河源蝉子顶下的自然农场回来，带回一包东西，说，这些香蕉花，你一定没见过，还很好吃哦，今天鸡蛋炒了它。

　　这有点像黄花菜一样的花，我还真的没见过，居然是我们经常吃的香蕉的花！

　　香蕉能吃，香蕉花自然不会有毒，梅果说将香蕉花做成菜在西双版纳很常见，傣族人吃香蕉花已有很长时间的历史了。

　　我还是纳闷：这玩意会好吃吗？

　　香蕉花的形状如巨型子弹，分量很重，被脊状的紫红色边叶所覆盖。类似笋壳，剥开一片壳，就是一层花，再剥开一层又是一层花。我们先将叶壳掰下，将黄色的花和紫色的叶壳分开放，然后将叶壳切成条状，放进沸水里煮五六分钟，捞起来用盐揉捏两遍，滤水后放在一旁备用。

　　花也是先水煮，用盐揉捏两遍，滤水备用。

剩下的工作当然得由我来尝试一露身手,叶壳炒牛肉,加入姜、辣椒、花椒、小韭菜作为佐料,自然,又是一种从未有过的味蕾感动。

而那些花用来炒鸡蛋也是味蕾一绝,做法也比较简单,将滤干水的花切碎,打入鸡蛋搅匀煎煮即可。放点胡椒或辣椒,味道会更好。

在我们极力推崇和滔滔不绝的赞美之下,朋友们终于忍不住要分享,梅果带回六个梭形褐色的巨型子弹(也很像小炮弹)状的香蕉花,三家朋友一家分了两个。而另一朋友从来没有吃过,更没有见过,来家里点名要吃香蕉花,于是我们专门为她制作了一盘香蕉花炒鸡蛋,这次梅果又加了些薄荷进去,其味道更为清爽可口。

香蕉花在东南亚一些国家很常见,新加坡、越南、泰国、菲律宾以及柬埔寨的市场上经常能看到出售,人们将其生吃或者在热水中烫后加醋或柑橘做成沙拉,也可以在汤或椰奶中将其炖至柔软,或者将它切碎用作面条以及被称为"轮船"的涮火锅的配菜。

据说香蕉花能清热、平肝、止血,民间有用香蕉花治高血压病及防治中风,还具有活血调经、养肤养颜、安神减压、纤身美体、保健强身和祛病延年的神奇功效。经常饮用香蕉花茶还可使皮肤细嫩红润、光洁亮丽、富有光泽和弹性。香蕉花竟是山茅野菜中的上等佳品。

前日在一云南菜馆,忽然看到有个芭蕉花的菜,或许是香蕉、芭蕉太像了,我还没有分清两者的区别,以为就是香蕉花,点来才发现,跟自己炒的还是有所区别,至于区别到底是什么,实在有些模糊。在《中国植物志》里面记载了一种学名为芭蕉(Musa basjoo)的植物,这种植物叶片宽大,同时纤维也特别发达,所以八成是铁扇公主芭蕉扇的原型植物。不过可以肯定这不是水果摊上售卖的芭蕉,因为这种植物的种子有6～8毫米大,还有不规则突起。吃芭蕉时,吃到米粒大小的种子，这事估计大家很少碰到过。芭蕉是典型的庭院观赏植物，如此金贵，要想吃到它们的花，还真不是一件容易的事情。比较起来，香蕉花可能更为常见。

但是，您真的吃过香蕉的花？我长这么大，香蕉倒是常吃，但花也就只吃过一两次而已。少见多怪，以己度人，菜农就这点出息。

那一丝无法割舍的香茅清香

相传，释迦牟尼佛开悟之前，在一棵树下铺上一堆草，再放上一块石板，开始打坐，然后证悟成佛……

树便是菩提树，这是一直被大家所熟知的。

但那堆草是什么草呢？

没错，就是香茅草，又被称为吉祥草。

香茅，顾名思义，就是一种带有香味的茅草，又称香薷，禾本科香茅属约 55 种芳香性植物的统称，是常见的香草之一，因有柠檬香气，故又被称为柠檬草。能治疗风湿、偏头痛，抗感染，改善消化功能，除臭、驱虫等。

据佛经记载，有人割了八束吉祥草（香茅草）给释迦牟尼佛，目的是为其驱虫逐蚊，没想到香茅那独特的香气可以增加寂静无争之念，在一定程度上帮助佛陀进入殊胜境界，有种说法说割草人是帝释天化现修行人。

种菜伊始，信佛的梅果便一直想种香茅，但香茅的种源可不好寻。

香茅原产东南亚热带地区，喜高温多雨的气候，需在无霜的地区生长。由于根系发达，能耐旱、耐瘠，生长比较粗放。温度是香茅在我国分布的限制因素，只要有轻霜，香茅的叶尖就开始发生冻害，难以越冬。

　　终于有位来自增城的菜友说她家有香茅，移栽半载之后才发现那是石菖蒲不是香茅，只是那位菜友习惯将其称为香茅罢了。

　　可谓踏破铁鞋无觅处，得来全不费工夫，某次徒步到黄埔古港，码头旁边有位阿婆在卖各种新鲜的草药，居然有干的香茅叶，阿婆说这个叶洗头好，祛头风。我们都知道那里卖菜卖水果的老人家多数都是自家种的吃不完才拿出来卖的，阿婆肯定自己有种才有卖的，我们纠缠了半天，阿婆终于答应回家拔几棵苗给我们。

　　阿婆一共拔了三棵，将叶子全部剪下，只留一个头给我们，说这样种下就会发芽了，而且长得很快。

　　感激之情溢于言表。对于这来之不易的菜地新成员，我们更是宠爱有加，细心呵护。

　　约莫过了两个星期，接受了充沛的雨水滋润的香茅开始抽出了嫩绿的新芽，叶子像竹叶一样，也有点像兰草的叶子，而后便开始一个劲儿地疯长，三四个月已经长得密密实实，叶子葳蕤地挤在一起。

　　香茅可以做菜、做汤，也可以做果汁。按照梅果的说法，香茅跟任何食物搭配都完全没有违和感。不管烹饪鸡鸭鹅，猪牛羊，还是各种海鲜以及蔬菜，香茅那特有的清香都能让食材增色不少，薄荷香茅柠檬汁更是我们家里夏日的芬芳饮品之一，既可预防中暑，又可增进食欲。

　　香茅精油是芳香疗法及医疗方法中用途最广的精油。香茅精油以晒干的草蒸馏而得，味道像是水果香及薰衣草的综合，常用作室内芳香剂。由于没有专业的设备，我们没有用香茅提炼过精油，但梅果自创了一种炼制香茅油的方法，那就是将香茅叶子洗干净后放到锅里干炒，炒至没有水分再倒入其他植物油炸煮（我们一般用花生油或山茶油），直至香茅叶干脆卷起。

这种方法炼制出来的油，带着淡淡的香茅清香，用来炒菜或者拌菜，味道都是挺好的。

香茅除了味美，还有很好的药用价值，《红楼梦》中林黛玉喝的药中便有一味是香茅，可解表散寒，化湿和中，适用于外感于寒，内伤于湿所致的恶寒发热、头重头痛、无汗胸闷、四肢倦怠、腹痛吐泻等。

突然想起，诗经《静女》中的诗句"自牧归荑，洵美且异"，这里描写的"荑草"会不会就是香茅呢？

虽然香茅是一种生命力极强的草，但对天气还是比较敏感，北风稍起，香茅便开始逐渐干枯。每当这个时候，梅果便会将香茅连根拔起，它的根茎扎得不深，稍微一用力，就可以很快连土带泥拔出来，拔起后将香茅叶子部分全部剪下，炼油或者晒干备用，头部再重新埋进土里作种苗。如果天气冷的话，还要在面上加盖一层树叶、薄膜或地毯之类，以给香茅保暖。

来年春天，便开始又一轮清香的循环。

清香百搭醉柠檬

种第一棵柠檬，纯属巧合。

每年元宵过后，很多人都会处理家里的桃花、年橘、兰花等植物，小区一般都会指定位置让大家堆放。有天下班回来，发现有人在我们菜地里"放"了一盆年橘，虽然小橘子已经掉得七零八落，但是橘子树看起来还是生机勃勃。

于是，我们决定给这个"不速之客"换个大点的花盆，让它成为菜地的一员。

没有特别照料，也没有刻意疏忽。一段时间之后，年橘从头部长出了新芽，叶子居然是柠檬的叶子，一打听才知道原来这种年橘是柠檬嫁接而成的，怪不得能长出柠檬来。

再后来，年橘慢慢枯死，柠檬树越长越粗壮，约莫第三年便开始开花结果，第一颗果子微微变黄，我们便迫不及待地摘了下来，虽然很小而且不够熟，但比外面卖的香很多。

一棵的产量太少，我们决定再种几棵。

于是到芳村花卉博览园买了三棵回来，奇怪的是，买的时候这几棵柠檬就已经挂了果，但种了好长时间也不见果子变黄，更让我们疑惑的是这柠檬一直在不断地开花，为此我们还专门跑到卖柠檬树的店里咨询是怎么回事，经老板介绍才知道原来我们种的柠檬是四季青柠檬，一年四季都会开花结果，而且柠檬即使熟透也不会变黄。

据说喝柠檬水对身体有许多好处，至少可以补充 VC，为了让阿布喝柠檬水，梅果尝试了很多办法，蜂蜜柠檬水、冰糖柠檬水、薄荷柠檬水、薏米柠檬水还有咸柠檬水等等，但阿布的评价始终是"难喝""好难喝"。

"我就不信我没有办法对付你，我一定要让你爱上柠檬的味道！"梅果一副要跟阿布死磕的架势。

说干就干，梅果首先在阿布喜欢吃的可乐鸡翅起锅的时候加上柠檬汁——将新鲜的柠檬挤汁直接浇上，阿布总算换了说法，由原来的"难喝""好难喝"变成了"还行"。

鱼、鸡、鸭、排骨、牛肉等等，只要能浇柠檬汁或者加柠檬片的菜，梅果都要设法加上。而她做的泰式柠檬虾，堪为一绝，材料有虾、辣椒、蒜、姜、柠檬、盐、糖，为了超越泰式原味，梅果还在原基础上加了花椒。香、辣、鲜、微酸、微甜，阿布的评价由"还行"变成了"不错"。

"这个味道好特别啊！好吃，好吃，太好吃了！"真正让阿布赞不绝口的，居然是在云南餐馆吃的薄荷柠檬拌牦牛肉干，他吃完一份还大呼要打包一份回家。

几天之后，梅果做的凉拌牛肉丝也加入了薄荷柠檬的味道，阿布简直兴奋得像过年。

由于柠檬需求越来越大，种植也就越来越多，我们一直想将世界有名的柠檬品种全部种上，如美国的 Eureka（尤力克），澳洲的 Fino（菲诺），西班牙的 Verna（维尔拉），意大利的 Villafranca（维拉法兰卡）、Femninello（费米奈劳），葡萄牙的 Lisbon（里斯本）等等，当然，由于种苗不好找，我们种得最多的还是来自台湾的四季青柠，还有Meyer（北京柠檬）和Improvedmeyer（改良北京柠檬）。

柠檬收获的时候，除了留下一两个当佐料，剩下的一般都会做成柠檬果酱，或者切成柠檬片泡蜂蜜。不可思议的是，阿布居然爱上了吃生柠檬，每次切柠檬，阿布都要吃上一两片，问他酸不酸，他说很酸但很香。

阿布有天说他看过一句话：假如生活送你一个柠檬，你应该再加点盐和龙舌兰。"我好想试试这是什么味道啊！"

我们当即给他拿了个小碟子，放上柠檬片、盐，然后倒上一点洋酒，他闻了闻，用舌头舔了舔，问他啥味道？他皱了皱眉头，然后假装倒在椅子上，说："我醉了！"

随心所味柚子皮

饭桌上的惊喜，往往不期而至。

那个周六的晚餐，最受欢迎最先光盘的，是之前从来没有吃过的菜：酸辣柚子皮。

阿布说，妈妈太神奇了，柚子皮也炒得这么好吃，必须再加半碗饭！

制作柚子皮，也不复杂，关键在于煮。将剥好的柚子皮最外面的一层皮去掉，留下白瓤，切成小片，用水煮熟，再沥干、揉干水分，就可以当作做菜的原料。来自竹溪的酸辣椒，烧油（花生油好，但最好是猪油）一起爆炒，熟了，加盐、葱花少许。正宗酸辣滋味，加上柚子皮本身的清香和柔软，越嚼滋味越浓，用来下饭，再好不过。

我也没有想到，这么普通的柚子皮，竟能有如此的美味。

其实，柚子皮本身没有味道，你想要它是什么味道，它就是什么味道，信佛的梅果说：这是一种随心的味道。

自从爱上柚子皮，我们全家总动员，发动所有的力量，寻找所有能够吃到的柚子和皮，秋冬时节是吃柚子的大好季节，朋友们也非常乐意奉献、分享一些各类品种的柚子。

很短的时间尝遍了世界四大名柚：文旦柚、坪山柚、沙田柚、暹罗柚，不过我们一般分两类：皮薄和皮厚。适合做菜的，当然选皮厚的。首选中国的沙田柚，洁白，香气浓郁，是难得的好食材；而暹罗柚（泰国柚）也非常适合，外形呈短球形，果肉粉红，果心小，肉质较白柚柔软多汁，糖度高、酸味低，最重要的是皮白而厚软。

我们收集了各类好材料，几乎每天都做一个不同的柚子皮为原料的菜：柚子皮焖鸡块、柚子皮煲猪骨、柚子皮炒牛肉片、豉香五花柚子皮、凉拌柚子皮等等，因为柚子皮本身无味，所以用它做原料一般得有一些口味重的佐料，如蒜、姜、酸、辣等。

忽然发现，柚子皮居然也是一味好中药，其中所含柠檬烯和派烯，吸入后，可使呼吸道分泌物变多变稀，有利于痰液排出，具有良好的祛痰镇咳作用，是治疗慢性咳喘及虚寒性痰喘的佳品。柚子皮食用不但营养丰富，而且还具有暖胃、化痰、润化喉咙等食疗作用。柚子的表皮富含精油，熬成汤汁之后加到洗澡水中，不但具有美容效果，也能防止受到蚊虫的叮咬，因为蚊虫不喜欢柚子的味道。柚子还可以作为冰箱的除臭剂，把剥下来的柚皮放在冰箱的角落，柚皮的清香可以有效地消除冰箱中的异味。

关于食物美容的效果，可能是天下所有的女性都会重点关注的。柚子皮的美容功效自然要被充分利用。每天早晨一杯蜂蜜柚子茶，成为梅果必备的晨饮。

而这蜂蜜柚子茶的制作，也颇费心思，把切好的去皮的柚子皮，放到盐水里腌约1小时，再把腌好的柚子皮放入清水中，用中火煮十来分钟，变软脱去苦味，然后把处理好的柚子皮和果肉放入干净无油的锅中，加一小碗清水和冰糖，用中小火熬约1个小时，熬至黏稠，柚皮金黄透亮就可以了（熬的时候要经常搅拌，以免粘锅）。等放凉后，加入蜂蜜，搅拌均匀后就做成蜂蜜柚子茶了，装入密封罐放在冷藏室存放，喝的时候用温水冲一下即可。

这蜂蜜柚子茶，在日本和韩国，一直被称为"黑色素斩草除根"的食品。蜂蜜柚子茶味道清香可口，是一款有美白祛斑、嫩肤养颜功效的食品，还有清热下火的功效，我偶尔也会喝一杯，柚子皮的滋味化于无形，完全交融在蜂蜜里。

这蜂蜜据说是世界上最好的蜂蜜，是新西兰的老朋友寄来的，让我想起远方的老朋友。

一路翩飞紫荆花

　　或许是因为种菜的缘故，我们对植物是否能吃保持了特别的好奇心。

　　离小区不远有条河涌绿道，直达黄埔古港，大约 3.5 千米。

　　这条路边的花草树木茂盛，太阳很烈的时候，走路完全晒不到，遮阴凉爽。

　　爱种菜，让我们对植物非常敏感，阿布喜欢动植物，常常会对路过的花草树木很好奇，不断指认：这是牵牛花，那是三角梅，还有辣椒、马齿苋！

　　我们非常感慨且遗憾的是，路上有很多棵辣椒，居然没人摘，很浪费啊。

　　某个早晨，一阵雨下来，晨跑的路上铺满落花。紫红色的、蝴蝶状的花瓣，真不忍心踩在脚下。是紫荆花。

　　这一路间或有很多棵紫荆花的树，2 月正是盛开的季节。

　　玫瑰能吃，茉莉能吃，这花好像也能吃？

　　得到肯定的结论之后，梅果不禁有些欣喜：这花可以吃，真是太棒了。

　　这个周末，全家出动，徒步到黄埔古港。返程的路上，我们决定捡紫荆花回家做了吃。

没错，我们要吃的，就是被香港定为区花的紫荆花。据说这花1880年在中国香港被首次发现，香港人称为"紫荆花"，也有"香港兰花"的别称。

这紫荆花，又称红花羊蹄甲、红花紫荆、洋紫荆、玲甲花。花大如掌，红色或粉红色，十分美观，形状如兰花，有近似兰花的清香，故又被称为"兰花树"。在广州花期大约超过半年，秋冬春三季都有，终年常绿繁茂。

落花很多，我们很快就拾掇了一篮子，回到家，我们先去掉花蕊，洗净，然后用水煮，捞起后用清水泡，不断地揉洗，再捞起滤干，加入辣椒、花椒、豆豉爆炒。

第一次吃爆炒紫荆花，必须慢慢品，花的清香沁入心脾。花本身味道清淡，辣椒、花椒、豆豉丰富了味蕾，当然，也可清炒、可凉拌或煮清汤，也做其他食物的佐料，切碎拌入肉馅中。

这紫荆花，主要产于亚洲南部，世界各地广泛栽植。分布于中国的福建、广东、海南、广西、云南等地，越南、印度亦有分布。紫荆的花、树皮和果实均可入药。具有清热凉血、祛风解毒、活血通经、消肿止痛等功效。可治疗风湿骨痛、跌打损伤、风寒湿痹、闭经、蛇虫咬伤、血气不和、狂犬病等病症。

中国北方也有一种叫紫荆的植物，是一种落叶灌木，在生物学上是豆科紫荆属的，它的别名又叫满条红、紫株、乌桑、箩筐树等。该紫荆花，花小而密，先开花后长叶，初春开花。是和这里所说的紫荆花完全不同的花。我们好奇的是，那种叫紫荆的花是否能吃呢？

身边一路随风起舞的紫荆花，足够半年的采摘和美餐了。

我们这菜农真是太贪心了，生活不止有碗里的苟且，还想着花朵和远方。

这鲜花盛开的春天，还有多少花朵，可以到碗里来。

又见马齿苋

到黄埔古港的绿道，除了一路的紫荆花，植物也有很多，牵牛花也有一路开放。全家徒步，阿布多被河涌里的鸬鹚或飞鸟吸引，常提醒我们看河面盘旋飞翔的翅膀。梅果更喜欢花草和植物。

马齿苋！可以吃哦。我们挖点回去种？

种这个？这是猪草哦，能吃？我很疑惑。

当然能吃，很好吃的。

在我儿时的记忆里，这个马齿苋，是猪最爱吃的主料之一。

幼年时，家里养猪，我们放学后一项最重要的活，就是割猪草，马齿苋，我记得老家湖北竹溪方言叫"鹅尔苓"（音译，不知道是哪几个字），还有的名字叫马苋、五行草、五方草、长命菜、九头狮子草。这生命力极强的植物，广泛生长在路旁、田间，一长一连片，发现一片又肥又嫩，几个姐姐一般不会跟我抢着割，说：这块你来。于是我贴着地割下，一把一把，很快就是一筐。回家大姐剁了，煮熟喂猪，是极好的。

那个时候，这"鹅尔苓"从来没有想过要做菜上餐桌的，更不会专门种它。小时候在地里田里发现了，是当作杂草清除的。五年级之后，我随着哥哥到了县城一小上学，后一直上到大学，工作，几乎再也没有跟马齿苋有过交集——或者说，对这不起眼的猪草再也没有关注过。

直到多年之后的今天。

我对把它挖出来移植到我家菜园一直不太热心。猪吃的草，能好吃到哪里去？

直到吃到嘴里，才发现我又错了。说"又"，因为之前对猪草红薯叶也有类似的偏见。偏见一偏就是好多年啊。

我们将挖回的带根的马齿苋种在地里，浇了很多水。

剪回的马齿苋的茎叶，梅果洗净，用开水焯一下，捞起，烧花生油，用干红辣椒，拍碎的蒜爆炒，出锅后，说，你们尝尝。

这一尝，就彻底被征服，微酸，但有淡淡的香，软，我从未有过的味觉体验。小时对猪草有着一些鄙视的心态，大概是因为很多种猪草一锅烩，煮熟或半熟，煮的时候锅里会冒出一股潲水的味道，哪里是香甜可口？留下了不甚美好的印象，所以直到现在，一听说"猪草"，就会想到潲水味，鄙夷的心态很难改变。

只有不同的、全新的体验，才会有全新的印象，之前的红薯叶是，现在的马齿苋，更是。

做马齿苋，一定先要用水焯，或凉拌，或炒肉，都是很家常的美食。

食用马齿苋也有相当久远的历史了，《神农本草》将苋菜列入上品；唐代诗人杜甫最爱品尝的一道野菜就是马齿苋，他在诗中写道："登于白玉盘，藉以如霞绮。苋也无所施，胡颜入筐篚。"明朝医学家李时珍在《本草纲目》中记载："苋并三月撒种，六月以后不堪食，老则抽茎如人长，开细花成穗，穗中细子扁而光黑，与青箱子鸡冠子无别，九月收之。"宋代文学家陆游喜欢用马齿苋煮粥作羹，他在诗中写道："菹有秋菰白，羹惟野苋红。何人万钱筯，一笑对西风。"江南也有一道家常美食叫"马齿苋黄鱼羹"。

跟很多植物一样，马齿苋常供药用，唐代医学家陈藏在《本草拾遗》中写道："人久食之（马齿苋），消炎止血，解热排毒；防痢疾，治胃疡。"马齿苋有清热利湿、解毒消肿、消炎、止渴、利尿作用；种子明目；还可作兽药和农药。

　　天气热，用马齿苋煮绿豆汤，可以清热下火，我们煮过，对止鼻血似乎有效。

　　马齿苋繁殖能力非常强，菜园的一块地已爬满，牵引着葱郁的春天和我遥远的童年。

番茄 穷酸自有真滋味

69个西红柿

周末清理菜园，决定把三株西红柿拔了。

大大小小的，红的青的居然有51个，上一次两周前摘了一些红透了的，阿布清点了数目：18个。我印象深的是，刚摘回的那天，18个西红柿被我们断断续续当水果，一天就干掉了。当然，这西红柿都不大，一手可以拿两个，甚至三个。

这三株西红柿，是去年秋天种的，也是去年的第二茬。去年第一茬我们没有种，偶尔会跟邻居讨吃，邻居阿姨说，我有苗，你们也种点？她还主动将西红柿的种子撒在我们三个清空的花盆里。我们每天浇水，看着出苗，偶尔浇点有机肥料，小苗渐渐长高，发枝叶，开花，结出小果果，由青到黄到红，算来居然超过5个月的时间。

西红柿喜温暖，在5℃以下的低温几乎不长，所以，西红柿不过冬，广州很多蔬菜的季节跟北方大部分地区不一样，黄河流域、长江流域的大部分地区是春种秋收，广州没有冬季（或者说冬季太短几乎可以忽略），西红柿在这里可以多种一季——不是反季节蔬菜，是自然生长。

自然生长的西红柿，味道如何？

这粉红的西红柿，微微的酸味隐藏在甜里，还有淡淡的清香，汁多而爽口，吃一口味蕾就被诱惑，所以，第一次摘的18个并不大个儿的西红柿，很快被我们消灭干净。本来要留几个做西红柿鸡蛋汤的，只好作罢。

一说"西红柿鸡蛋汤",阿布就笑了。他给我找来一张图片,让我看。

当然,这图片属于恶搞:一锅水,一枚鸡蛋,一枚西红柿,都是完整的。图片说明:西红柿鸡蛋汤。

虽然我看过这个图片,但还是要配合一下,再哈哈大笑一次。逗阿布说:你也可以这么做啊。

我才没那么笨!很明显,阿布明白笑点所在。

玩笑归玩笑。西红柿鸡蛋汤、西红柿炒鸡蛋大概是我们最常见的吃法。

如果是青的西红柿,必须要炒熟才可以吃。

有个朋友,非常爱吃面条,而每次吃面条,必须配西红柿鸡蛋汤。百吃不厌,连续多年如此。

这些年我们并不常见面。有次见面,一起吃了很多广东口味的菜。两天之后,他终于忍不住了,说:我们吃面吧!我知道,除了面之外,还必须配西红柿鸡蛋汤。

你这么爱吃西红柿,保卫前列腺?我跟他开玩笑。他明白我的意思。我们曾一起看过一篇关于西红柿的报道,印象较深:英国一项大规模研究发现,每周吃 10 份西红柿(约合 3 斤)可使男性前列腺癌危险降低近 1/5。研究人员认为,西红柿抗癌的关键原因是其中的抗氧化剂番茄红素。来自布里斯托尔大学、剑桥大学和牛津大学的研究人员对 1.4 万名 50～69 岁男性的饮食与生活方式进行了研究。结果发现,与不吃或很少吃西红柿的参试者相比,每周至少吃 10 份西红柿的男性,罹患前列腺癌的危险降低了 18%。

当然,这个研究跟他爱吃西红柿之间并没有什么医学联系,纯粹是玩笑的佐料。

刚摘下的 51 个西红柿,多半是青的,放在盒子里,我们要看着它们一天天慢慢变红,一直红到嘴里,滋润到心田里。

莜麦菜的终极吃法

　　3月的广州，正值回南天的季节，空气潮湿得可以渗出水来，不关门窗的话，屋里的墙壁上竟有滴水。衣服挂几天也干不了，潮得要发霉。这天气，人类叫苦不迭。但天台的菜园似乎没有受到明显的影响。空气湿润，无论是莴笋、珍珠菜、韭菜，还是藿香，都长得很欢乐。长得最快的，当然是莜麦菜了。

　　专门有一块地，大约4平方米，全部种的莜麦菜。从播种，到出苗，到现在又两三个月的时间。莜麦菜在生长的过程中，我们不断地剥叶子炒来吃，剥了又长新的，于是鲜嫩的莜麦叶子总是层出不穷。

　　因为莜麦和莴笋是邻居，刚开始长出的时候，我还分不大清楚，因为它们的样子差不多，但越长大越有区别了。莜麦的茎是无法长大长粗壮的，比较细小，莴笋的茎越长越明显了，剥一层就长一层，比较粗大。两种菜成年之后，就各自有了自己该有的样子，如果把莜麦比喻成柔软鲜嫩的女子，那莴笋就是腰板硬朗的小伙。

　　这"女版的莴笋"莜麦菜，别名油麦菜，又叫苦菜，属菊科莴苣属植物，是以嫩梢、嫩叶为产品的尖叶型叶用莴苣，它属于叶用莴苣的一个变种——长叶莴苣，长相酷似莴苣笋，但叶子细长平展，肉质茎又细又短。叶片呈长披针形，色泽淡绿、质地脆嫩，口感极为鲜嫩、清香、具有独特风味，是生食蔬菜中的上品，有"凤尾"之称。苈麦菜也与生菜相近，又叫牛俐生菜。有研究表明，苈麦菜的营养价值略高于生菜，而远远优于莴苣。与莴苣相比，蛋白质含量高40%，胡萝卜素高1.4倍，钙含量高2倍，铁、硒分别高33%和1.3倍。

当然，这都不是重点，对于我们来说，长得像什么不像什么根本不是重点，重点是，苈麦菜产量高，还好吃啊。在外面吃饭，一般会吃到豆豉鲮鱼苈麦菜、蒜蓉苈麦菜、芝麻酱拌苈麦菜、香菇苈麦菜什么的。但对于我们，主要的吃法就是水煮苈麦菜，摘下鲜嫩的苈麦菜叶，洗净，放入开水煮熟，我一般烫开即可，而梅果煮的时间要更长一些，熟得烂透一些，然后盛起装在大盘里，放最好的生抽（此处应设广告位，呵呵）适量，纯天然花生油或者香油搅拌均匀即可食用。再就是清炒苈麦菜，加切丝的干辣椒，拍过的蒜瓣几片，炒熟即可。煮面条的时候，苈麦菜叶是常常用来下锅陪吃的。

说真的，对于青菜，我更喜欢这种简简单单的吃法，加肉类，加各种调料，最后青菜本来的味道反而消失了。

有的吃货吃调料，有的吃货吃食材。

菜农吃的是自然的味道，只是做得比较简单，褒义词叫"大道至简"，大概懒人做菜就是这样的，还美其名曰。

平心而论，一桌美食，美味、新鲜、纯天然有机的食材，远比花哨的调料、新奇的制作更吸引我。不说了，说多了显得矫情。

有的吃货，不仅会种天然有机菜，还会想方设法把吃法搞得复杂而新奇，不惜花时间和精力。梅果算是这样的一枚无可救药的菜农。她要吃的，是苈麦菜的皮。苈麦（苦麦、莴笋等有皮的蔬菜）靠近泥土部分的梗（俗称麦头皮），先敲扁取其皮，水煮后捞起冷水浸泡数小时，再用蒜、辣椒、薄荷爆炒，美味至极。

　　废物利用做出的人间美味，是她童年记忆中最深的味道，没有之一。现在已经很少有人会做这道菜了，莜麦菜的麦头皮基本都是被丢弃，但是只要家里有，梅果都要如法炮制，做一道美味的薄荷麦头皮。

　　对于莜麦菜来说，这算是终极吃法了吧。不服来吃。

嚯，香！

去年从英德朋友家里移植的两棵椿芽，终于在这个春天发了新芽，嫩芽炒鸡蛋，其美味实在是无法描述。在去年之前，我居然有十几年没有吃到过椿芽！现在，我们居然随手可得。

这些惊喜不仅仅是椿芽，韭菜、薄荷，都是炒鸡蛋的绝配，您可能都吃过。还有一种，藿香炒鸡蛋，可不是随便能吃到的，我为此等待了好多好多年。

有些植物，没有见到之前，似乎觉得很神秘，见到，甚至自己种了，才恍然大悟：原来是这个样，原来味道这么好。藿香带来的体验前所未有，因为我有生以来，从来不曾吃过藿香。以前一直以为藿香是药，但没想到，居然可以当菜吃。

春暖花开，万物生长。喜欢温暖湿润天气的藿香长成三四十厘米高了，叶子茂盛。我们看在眼里，乐在心里：这哪里是叶子，这可是一盘盘的嫩香美味！

藿香叶子切碎，和三四枚鸡蛋一起搅拌，放油，下锅，加盐适量，炒熟即可。跟椿芽的浓香、薄荷的清凉都不同的是，藿香炒鸡蛋味道清甜微辛，非常独特。

我们的藿香，是邻居朋友戴老师从成都老家带来的种子，我们要了一些，去年底，将藿香的种子种下。然后就是天天浇水，今年刚开春，藿香出小苗，慢慢长大，2月底，我们将小苗移栽到三四平方米的一块地里，大约二十多株，3月多雨潮湿，藿香长得快。

之前对藿香的了解，仅限于藿香正气水，这个药我自己必备，无论是感冒头晕或者淋了雨，都会喝一点，有效。

这藿香又名合香、苍告、山茴香等，喜高温、阳光充足环境，在荫蔽处生长欠佳，喜欢生长在湿润、多雨的环境，怕干旱，所以，在广州生长，再适合不过了。藿香到处都有，在中国南方地区广泛分布，主产于四川、江苏、浙江、湖南、广东等，俄罗斯、朝鲜、日本及北美洲也有。

藿香本身是一种具有芳香味的植物，全株都具有香味，当然，在生长的时候香味不是那么浓郁。去年邻居曾连根送了我们一把，我们吃了叶子，根和茎晾干可以驱虫，可以做汤时放入当佐料，这干的根茎，凑近去闻，隐隐散发出香味来。藿香是高钙、高胡萝卜素食品，还有多种元素，对很多致病性真菌，都有一定的抑制作用，是制造多种中成药的原料。藿香煮水、煮绿豆沙，也可以下火解暑祛湿治头晕的。既可药用，也是美食，这大概是很多蔬菜共同的特性。

我们摘下藿香的嫩叶，炒鸡蛋自然是首选，也可以凉拌，洗干净开水煮熟，捞起加酱油即可，也可以炒肉片，亦可作为烹饪佐料或材料。

我们决定种藿香，还有一个重要原因：去年夏天见到藿香的花是淡蓝色的，远看是一朵，仔细一看，它是由许多朵淡蓝色的小花组成的，非常有意思。我想，再过不久，我家的藿香，也要开花了。

我决定用藿香叶泡茶试试。

居然有奇效，几片藿香叶和红茶一起冲泡，一股清香沁入心脾。

绿茶很快要上市了，如果在绿茶里放点藿香，将会有怎样的惊喜呢？

时间在菜园安静地流淌

你哪有那么多时间去种菜？

这是常常被问到的问题。

为什么一定要有答案？我们也很忙好吧，我们基本不看电视好吧。

时间是那个什么，挤挤总是有的。

最关键不在于你是否有时间，而在于，你是否喜欢。

我们有着共同的爱好，跑步，或者种菜。我是家庭跑步带动者，梅果是家里的首席菜农，她对种菜充满热情，也带动着我和阿布，投入到种菜的伟大事业中。

于我们而言，种菜就是休息，种菜的日子就是休息日。

一有时间，我们就会到菜园，看看小苗生长，看看来历不明的虫子，看看无厘头的杂草，看看飞来飞去的蜜蜂，看看暗自芬芳的花朵。

对于梅果来说，最好的放松就是到菜园动动手脚，松土、浇水、捉虫子。

不明白的人会觉得很累，而对于梅果而言，却是最轻松的时刻。

有时加班晚回家，梅果居然不累，又上楼顶，在菜园忙活——应该说是休息。

阿布当然是妈妈最好的小帮手，这个时候，让他拿个铲子、扫把，开个水龙头什么的，他会很有成就感，至于捉虫，他已经很有经验了。

周末的家庭日，我们一般会选择徒步，到黄埔古港 3.5 千米。早晨的古港古朴幽静，花木茂盛的绿道小径，古港码头的大榕树，石头台阶，渡船，静淌的河水，构成一幅水乡山水画。

阿布在这个市场，陆续买了许多宠物。三只乌龟，三只金鱼，两只仓鼠，一只螃蟹。乌龟养在阳台，阿布从大到小取名：珠穆朗玛峰、乔戈里峰、干城章嘉峰。这是世界排名前三的山峰。在古港买了三条金鱼，养在楼顶水缸，阿布从大到小取名：太平洋、大西洋、印度洋。阿布会自己搜索查阅资料，乌龟的食物，蚯蚓、鱼饲料或菜叶。有朋友陆续送来三只兔子，小白、小富、小美，阿布每天琢磨怎么去给兔子喂菜叶饲料。小美怀孕之后我们将它们全部拉回了河源，前不久生了 6 只小兔子，都是吃我们自己种的有机菜长大的兔子啊。

令我惊奇的是，每次徒步一回到家，梅果居然不累，又到菜园去了。

菜园就是她的栖息园，种菜，也是我们家庭最放松最愉快的劳动节目，不，放松节目。

种菜之前的许多年，我常常期待在外面吃饭，这所谓的吃大餐，就是要到一个还过得去的餐馆酒楼去大撮一顿，甚至要来几口小酒。无论是一个人，还是呼朋唤友。觉得这才是正儿八经的吃饭。

可以毫不隐晦地说，自从种菜且尝到有机蔬菜的美味之后，我尽管也会出去吃饭，但是大餐的概念已经发生了根本的改变，因为，几乎所有的餐厅酒楼、所用的食材，绝对、绝对没有自己种的健康有机，味道就不说了，酒楼调料，我家没有。

我们想吃的大餐，就是自己种的蔬菜，自己从深山里弄回的土鸡土蛋，自己亲眼看见的山里放养的牛的肉，自家人亲手制作出来的，才是真正的大餐。

　　如果在外连吃三天，对味觉而言，真是太残酷了。

　　当然，这种矫情必须隐藏起来，不然，根本没法在社会上混了。

连阿布也会说：装什么装！呵呵。

　　哪有那么多时间去种菜？

　　我们真的不想回答这个问题。

　　我们只看见，时间，在菜园里，安静地流淌。